L'air était frais et le vent commençait à devenir violent. En levant ses yeux marron, Louis vit que le ciel était entièrement recouvert de nuages gris. Il savait que les gouttes ne tarderaient pas. Il n'avait plus beaucoup de temps. Avec une ardeur renouvelée, le jeune homme héla la foule de sa voix grave et puissante :

- Regardez ces beaux tissus. Tous droits venus de la lointaine Chine. Venez les toucher. Venez admirer cette qualité ! tonna-t-il en agitant un foulard en soie sous l'œil des passants. Le meilleur de l'Asie, c'est ici !

Il avait tellement répété ces phrases qu'elles n'avaient plus vraiment de sens pour lui. C'était comme une vieille chanson qu'on fredonne sans même penser aux paroles. D'ailleurs, ses cris n'avaient plus vraiment d'impact sur les passants, qui s'éparpillaient déjà sur la Grand Place de Bruxelles, pressés de rentrer chez eux avant que l'orage n'éclate.

Il tendait en l'air un drap noir en soie quand il la vit pour la première fois. Elle était de dos, immobile à l'étal juste en face, cherchant apparemment à acheter une bouteille de vin. Elle était vêtue d'une magnifique robe rouge qui mettait en valeur ses formes. Une robe de haute facture, que seules les plus riches bourgeoises et les femmes de la noblesse pouvaient s'offrir. Ne trouvant pas son bonheur, elle reprit son chemin et se retourna quelques instants, balayant du regard l'étal du jeune Belge. Une seconde, les yeux marron pétillant d'intelligence de l'inconnue croisèrent ceux de Louis. Puis elle accéléra le pas.

Louis se tourna immédiatement vers François, le vieux marchand de fromages de l'étal voisin qui connaissait presque tout le monde à Bruxelles. Il lui montra la jeune femme d'un signe et lui demanda s'il l'avait déjà vu. Le commerçant plissa les yeux et finit par répondre par la négative, avant d'ajouter dans un sourire « C'est d'ailleurs regrettable car c'est un bien beau morceau… »

Le jeune homme accompagna l'inconnue du regard, jusqu'à ce qu'elle disparaisse complètement dans la foule. Puis une goutte d'eau sur son front le fit soudain revenir à la réalité. Il décida alors de s'activer pour ranger son étal afin de ne pas abîmer ses marchandises, rapidement imités par la plupart des marchands autour de lui. Les célébrations de la grande fête du printemps débutaient mal pour les affaires : il n'avait vendu que pour une dizaine d'écus de marchandise en une journée. En soupirant, il finit de tout remballer et chargea les marchandises sur sa grande charrette. Ses cheveux noirs coupés courts étaient déjà trempés quand il alla chercher son âne qu'il avait laissé dans une étable à proximité. Il l'harnacha rapidement, espérant que Capron, son âne depuis des années, ne se ferait pas prier pour avancer sous la pluie. Apparemment pressé lui aussi de se mettre à l'abri, l'âne se mit en marche tout de suite et ne s'arrêta que lorsqu'il fut arrivé à destination, à la porte de Hall, où habitait Louis depuis bientôt trois ans. Le jeune homme poussa la lourde porte en bois de la petite grange qu'il partageait avec un paysan du coin. Il remit un peu de foin pour Capron, dont il tapota l'encolure avant de partir. D'un pas las, il rentra avec soulagement dans sa maison juste en face, où il s'écroula sur son lit. Il se pencha pour embrasser un pendentif posé sur sa commode, son rituel avant de s'endormir. Il contenait une gravure avec son prénom et celui de Marie, son ex femme, décédée deux ans plus tôt d'une maladie fulgurante. Le jeune homme se mit sur le côté, engouffra une main sous son oreiller et s'endormit moins de dix minutes plus tard.

Bal Parisien

Le Marquis de Saxe était connu dans tout Paris pour le faste de ses bals. La réception qu'il donnait ce soir là ne faisait pas exception à la règle. Il avait fait appel aux meilleurs traiteurs de la capitale et tous les nobles les plus influents de la capitale étaient présents.

Les femmes s'étaient vêtues de leurs plus belles robes et portaient leurs bijoux les plus resplendissants. Le Marquis regardait leur défilé avec un œil expert, évaluant la valeur des tenues portées, baisant les mains des plus jolies, tout en donnant des ordres à ses nombreux valets pour que la réception se déroule comme prévu.

Le Marquis avait environ cinquante ans, il n'avait plus guère de cheveux mais dépensait des fortunes dans de somptueuses perruques blanches. Il avait été bel homme plus jeune mais son visage avait perdu de sa superbe suite à une grave blessure reçue lors d'une bataille menée pour le Roi de France : une longue balafre recouvrait désormais toute sa joue droite.

Le noble, petit par la taille mais grand par son intelligence, souhaitait conclure ce soir-là un important contrat avec un riche bourgeois Lyonnais, un certain Michel Dorgeval, et le bal était aux yeux du Marquis une superbe opportunité de l'impressionner.

Il baisait la main de l'une de ses cousines et s'apprêtait à lui annoncer une mondanité d'usage quand il vit du coin de l'œil que le Lyonnais venait d'arriver à la soirée. Il s'excusa sans tarder auprès de sa convive pour se diriger vers le nouvel entrant. Sur le chemin, il se saisit d'une coupe de champagne, qu'il tendit avec grâce à Michel Dorgeval, au moment même où une serveuse lui prenait son manteau :

- « Monsieur Dorgeval, bienvenue à vous ! Je suis très heureux que vous ayez pu vous joindre à nous ! » Commença-t-il d'une voix mielleuse.

- « Je vous remercie Monsieur le Marquis » répondit distraitement le bourgeois, absorbé par sa contemplation de la riche demeure. Son regard se figea soudain sur un grand tableau fixé au-dessus de la cheminée, éteinte ce jour-là. « Est-ce un Delacroix ?
- Tout à fait. Je vois que vous êtes un fin connaisseur. Sachez que je suis passionné de peinture. J'aime à la fois financer de jeunes artistes montants et collectionner des tableaux de maître. Mais suivez-moi, je vous prie, je vais vous faire découvrir ma collection, en commençant par les Delacroix » indiqua fièrement le Marquis en lui indiquant la direction à suivre.
- Bien volontiers » sourit le Lyonnais, ravi.
- Le tableau que vous voyez ici est *La Barque de Dante*, l'un de ses premiers tableaux » reprit le Marquis, satisfait de l'effet procuré sur son invité.
- Pourquoi l'avez-vous affiché dans l'entrée ? La scène représentée d'une barque assaillie par des damnés est...dure.
- Comme la vie, Monsieur Dorgeval, comme la vie... Je garde cette toile ici pour me rappeler chaque jour que la vie est un long combat. » Le Marquis se tut quelques instants en contemplant la toile, apparemment perdu dans ses pensées. « Vous savez, quand on a une position importante, cela crée inévitablement des jalousies... Il faut constamment rester sur ses gardes.
- C'est vrai, » reprit le Lyonnais en prenant un amuse-bouche sur un plateau à proximité. « Mais j'ai peur de ne pas avoir le temps de disserter longtemps avec vous. Je dois repartir demain matin en Province. Aussi, j'aimerais si possible que nous discutions sans plus attendre.
- Très bien, suivez-moi dans mon bureau.

Le Marquis n'aimait pas trop le ton employé par ce vulgaire bourgeois mais il devait rester agréable. Aussi se montra-t-il prévenant en lui indiquant les escaliers à suivre pour arriver jusqu'à son bureau. Ils s'installèrent sur deux larges fauteuils en cuir marron et se regardèrent un instant droit dans les yeux, comme pour se jauger, avant que le Marquis ne prenne la parole :

– Je serai donc direct, Monsieur Dorgeval. Comme déjà évoqué, j'ai pris la décision de me lancer dans la soierie, qui présente de belles perspectives dans votre ville. Les métiers à tisser mécanique Jacquard sont de vrais merveilles, n'est-ce pas ?

– Mmh. Ils représentent en effet un gain de productivité non négligeable » admit le Lyonnais, sur ses gardes.

– « Monsieur » reprit le Marquis en le fixant avec intensité, « si je vous ai demandé de vous rencontrer en personne, c'est pour vous faire part d'une proposition en or.

– Je dois avouer que je m'y attendais » répondit le Lyonnais en se penchant en avant sur son fauteuil, avec un sourire en coin. « Allez-y, je vous écoute, mais sachez au préalable que je ne suis pas vendeur de ma soierie ! Elle ne m'a jamais rapporté autant d'argent !

– Vous vous méprenez sur mes intentions, » reprit le Marquis d'une voix posée en s'avançant à son tour, ne quittant pas son invité des yeux. « Je voulais vous proposer un accord qui nous sera profitable à tous les deux. Un accord prévoyant une association.

– C'est à dire ?

– Je vous achète la moitié du capital de votre entreprise à un prix très généreux. Et ce n'est pas tout. Je m'engage à doubler vos capacités de production en finançant l'achat de dix nouvelles machines et de nouveaux locaux à la Croix Rousse pour les installer. Et ce, sans contrepartie. En résumé, je finance votre croissance ! Vous êtes clairement gagnant !

Le Lyonnais se tut pendant une vingtaine de secondes, qui parurent une éternité au Marquis. Avant de reprendre de son ton pincé et sûr de lui :

- C'est un beau discours, mais je ne suis pas idiot. En m'associant avec vous, je perds mécaniquement la moitié de mes bénéfices !
- Et c'est pour ça que je vous propose de les doubler ! Avec dix nouvelles machines ! Vous garderez les mêmes profits tout en touchant un paquet de Francs vous mettant à l'abri de tout imprévu pour le reste de votre vie.
- Et quel est donc ce paquet de Francs ? Soyons concrets, Monsieur.
- Le voici », clama le Noble en sortant un papier de son pantalon de gala. « Je vous laisse le déplier. Vous verrez que je sais me montrer généreux.
- Merci » murmura le Lyonnais en ouvrant nerveusement le mot. En déchiffrant le montant proposé, il exprima un bref rictus avant de reprendre : « c'est une belle somme.
- Alors, nous avons un accord ?
- Je...je ne sais pas... Il faut que j'y réfléch...
- Soit » l'interrompit le Marquis, n'arrivant plus à cacher son impatience. « Sachez simplement que je peux également contacter vos concurrents. Je vous laisse la nuit pour y réfléchir mais j'ai besoin d'une réponse avant votre départ demain. Est-ce que je me suis bien fait comprendre ?
- Vous l'aurez, reprit froidement le Lyonnais, sentant son pouvoir de négociation s'étioler.

Dorgeval se leva, jeta un nouveau regard vers le papier, fronçant les yeux. Il allait quitter la salle quand il se retourna vers le Marquis :

- « Inutile d'attendre demain. J'accepte votre offre.

- Ah, bonne nouvelle ! » cria presque le Marquis en affichant soudain un large sourire. « Vous faites le bon choix, Monsieur Dorgeval. Ensemble, nous allons multiplier vos profits ! Laissez-moi vous servir un verre de Cognac pour fêter cet accord », s'exclama-t-il en se dirigeant vers une grande bibliothèque en bois, qui contenait plusieurs bouteilles d'alcool fort. Il tendit un petit verre à son invité, rempli d'un liquide transparent, avant de conclure : « Nous procéderons ensuite à la signature, histoire d'officialiser ces bonnes paroles ! »

Hasards

En ouvrant ses volets à l'aube le lendemain matin, Louis sourit en constatant que le soleil était déjà de retour : c'était bon pour les affaires. Avant de partir travailler, il s'arrêta dans sa petite cuisine, s'asseyant sur sa vieille chaise en bois qui grinçait terriblement. « Il faudra vraiment que je la change un jour » songea le jeune Belge, comme la veille.

Il se coupa une épaisse tranche de pain de campagne, qu'il mâcha lentement, en pensant à tout ce qu'il devait faire ce jour-là. Il finit par se lever en grimaçant, sentant de douloureuses courbatures dans ses cuisses : les festivals étaient toujours très physiques. Il alla chercher Capron dans son étable : l'âne l'attendait paisiblement, l'air serein, un bout de paille coincée dans la bouche. Louis enviait parfois la simplicité de la vie de son animal, uniquement axée autour de deux préoccupations : manger et dormir.

Sur la route, absorbé par ses pensées, il faillit renverser un mendiant avec son attelage. En observant les membres rachitiques de l'adolescent sans le sou qu'il venait de dépasser, le jeune homme eut l'impression de se reconnaître, plus de dix ans plus tôt. Son arrivée dans la capitale Belge n'avait pas été un conte de fée, loin de là. Il avait tout juste seize ans quand il avait pris la décision, sur un coup de tête, de quitter la ferme familiale et sa vie toute tracée, dédiée au maigre troupeau de vaches que sa famille possédait. Ses parents ne s'étaient pas opposés à son choix, tout comme ils avaient accepté quelques années plus tôt que son grand frère rejoigne un monastère dans le sud de la France. Sans doute car ils comptaient sur leur troisième et dernier fils pour reprendre l'exploitation familiale.

Contrairement à son aîné, Louis avait quitté ses parents sans projet précis, si ce n'est celui de rejoindre la capitale et de définitivement quitter sa campagne natale, dans l'est de la Province. Il était parti avec le strict nécessaire : un baluchon contenant quelques habits, de quoi se nourrir quelques jours et une poignée d'écus.

Il avait entendu plein de rumeurs sur la belle et grande ville de Bruxelles : il pensait trouver là-bas une vie plus agréable et plus mouvementée que dans son petit village. Si la beauté de la ville ne l'avait pas déçu, il s'était rapidement rendu compte que rien ne lui serait donné et qu'il devrait se battre pour faire sa place dans cette métropole où il ne connaissait absolument personne pour l'aider. Le hasard l'avait fait arriver dans la capitale en plein été, et il en remercia plusieurs fois le Ciel. Il passa en effet ses premiers mois dans la rue, ne réussissant pas à gagner suffisamment pour se loger plus décemment. Il vivait de petits boulots, comme porteur d'eau ou distributeur de journaux. Les journées étaient longues et fatigantes mais pas une fois, le jeune homme ne songea à retourner chez ses parents. Par fierté. Et parce qu'il était sûr qu'il finirait par y arriver un jour. La suite lui donna raison : il trouva à l'automne un boulot de serveur dans une auberge mal famée à l'extérieur des murs de la ville. Le patron le payait mal mais acceptait de le loger dans l'établissement, ce qui permit au jeune homme de passer son premier hiver dans la capitale Belge au chaud.

Sa chambre était minuscule mais bien chauffée et suffisait pleinement à son bonheur. L'été suivant, un négociant de passage dans l'auberge lui proposa de rentrer à son service comme assistant. L'adolescent, qui venait d'avoir dix-sept ans, accepta sans hésitation. Il réunit ses quelques vêtements et partit avec lui dès le lendemain sur les routes, de foire en foire, de ville en ville. Il passa ainsi près de deux ans de sa vie à suivre ce vieux marchand de bibelots, un certain René, qui lui apprit beaucoup sur le métier. Deux ans au cours desquels le jeune homme économisa sans relâche pour s'établir un jour à son compte. Il dit adieu au vieux marchand le jour où il eut suffisamment d'écus pour s'acheter une charrette et un étal. Il commença par vendre des fleurs, achetées dans les marchés des villages environnants. Avant de se spécialiser quelques années plus tard dans la vente de soieries et de chinoiseries, des marchandises très rentables qu'il vendait toujours aujourd'hui. Il les achetait à bas prix au port de Rotterdam et les revendait ensuite le double aux riches bourgeois Bruxellois.

En arrivant sur la Grand Place où de nombreux marchands étaient déjà en train d'installer leurs étals, le jeune homme sortit de ses pensées pour se mettre à s'affairer à son tour.

Le début de journée fut propice pour les affaires, le soleil étant de la partie. Ce ne fut malheureusement pas le cas l'après-midi où les nuages gris firent leur retour, accompagnés par une pluie battante. Louis fut encore une fois contraint de rentrer plus tôt que prévu chez lui, au vingt-deux rue Haute.
Arrivé à l'étable, le jeune homme fit le bilan des ventes de la journée : ce n'était guère brillant. Il ne restait plus que deux jours de marché et Louis commençait à être inquiet : ces festivités étaient toujours très importantes pour ses ventes de l'année. Il pesta dans sa barbe naissante et décida d'aller boire un coup pour se remonter le moral. Il prit quelques écus dans la bourse qu'il cachait sous son matelas et se rendit tout droit à l'auberge du quartier, réputée pour ses soupes mais surtout pour sa bière, « Le Lapin farci ». En pénétrant dans l'établissement, il soupira en se rendant compte que l'endroit était encore plus bondé et bruyant que d'habitude : les festivités faisaient toujours venir beaucoup de monde à Bruxelles et la pluie poussait la foule dans les auberges. Plusieurs marchands étaient accoudés au bar, le sourire aux lèvres : apparemment, la journée n'avait pas été perdue pour tout le monde.
A une table dans un coin, Louis reconnut François, son vieil ami marchand de fromages : il était accompagné d'une jeune femme aux longs cheveux bruns, très élégamment vêtue et surtout très différente de ses conquêtes habituelles. Le vieil homme la tenait dans ses bras et semblait lui chuchoter des mots dans l'oreille, ce qui avait le don de la faire rire. Louis décidé de les laisser

tranquilles et se commanda une bière blonde au bar, morose. La première gorgée fut un vrai soulagement : la bière était bien fraîche, forte. Louis la but presque d'une traite et venait de s'en commander une deuxième quand il entendit, dans le brouhaha ambiant, que quelqu'un appelait son nom. Il se retourna. C'était François, qui lui faisait signe de venir à côté de lui. Il hésita, puis se leva de mauvaise grâce, rejoignant la compagnie du fromager dont les yeux brillaient. Il lui présenta la jeune femme, une certaine Catherine, qui était encore plus charmante de près, avec de profonds yeux noirs et des manières de fille des riches quartiers de la capitale. Louis profita de son absence provisoire, alors qu'elle était partie se soulager, pour en demander plus au vieux fromager sur cette mystérieuse conquête :

- « Elle est magnifique », entama-t-il.
- « Tu peux le dire... » murmura François, les yeux dans le vague. « Et elle est de la haute bourgeoisie : son oncle est le bourgmestre de la ville !
- Eh ben ! » souffla Louis, toujours admiratif de la faculté de François à séduire aussi bien des jeunes paysannes que de riches bourgeoises éduquées. « Comment l'as-tu rencontré ?
- Le hasard ! Ou plutôt la chance. Je rentrais chez moi la semaine dernière quand je l'ai aperçu par la vitrine d'une petite boutique de livres anciens. Je suis rentré, faisant semblant de chercher moi-même un livre. Je l'ai aidé à trouver le sien. Nous avons fait connaissance. Et voilà !
- Aussi simple que ça !
- L'expérience », reprit François en adressant à Louis un nouveau clin d'œil.
- « J'en connais un qui va passer une bonne nuit !
- Peut-être », répondit sobrement François, loin de ses habituelles envolées lyriques quand il s'agissait de

parler de la chose. « Elle n'est pas comme les autres.

C'est au moment où il prononçait cette phrase que Catherine revint, un large sourire aux lèvres. Louis lui posa quelques questions pour se montrer poli, mais il ne se préoccupa guère de ses réponses. Il n'était pas de bonne humeur ce soir-là et n'avait pas trop envie de parler.

La fille de la propriétaire des lieux, que tout le monde surnommait « La Martine », arriva quelques instants plus tard les bras chargés de deux soupes et d'une bouteille de vin qu'elle posa brutalement sur la table, manquant d'ébouillanter François. Elle se tourna vers Louis et entama d'un ton bourru :
- « Vous voulez manger quelque chose ? ».
Elle était elle aussi de mauvaise humeur, mais Louis ne s'en formalisa pas : Il connaissait depuis des années La Martine, une jeune femme corpulente et franche, mais ne l'appréciait guère, contrairement à La Dora, sa mère, bien plus sympathique.
- « Je vais aussi prendre le potage du jour. Et une autre bière.
- Bien. Je vous ramène ça. »

Elle s'éloigna sans un sourire tandis que le jeune homme sombrait dans ses pensées.
Un mouvement de foule dans le bar le tira de sa somnolence. Un nouveau groupe venait de rentrer dans l'auberge. Le regard du jeune homme fut irrésistiblement attiré vers une jeune femme, au centre du groupe. Elle portait une robe rouge. Il la reconnut instantanément quand elle tourna la tête. C'était elle, l'inconnue du marché de la veille ! Elle était accompagnée d'un petit groupe d'hommes richement habillés, et semblait vouloir fêter quelque chose. Louis l'accompagna du regard : elle était magnifique. Ses cheveux châtains mi longs lui arrivaient juste au niveau du cou. Le large sourire qu'elle arborait, son visage fin, ses yeux noisette, tout contribuait à renforcer l'étrange

attraction exercée par la jeune femme sur Louis. Sans réfléchir un seul instant, pris d'une soudaine impulsion, le jeune marchand reposa sa bière sur la table et avança d'un pas vif en direction du groupe qui semblait bien s'amuser. Profitant d'un blanc dans leur conversation, il alla se présenter directement auprès de la femme à la robe rouge, prenant la parole d'une voix qui se voulait sûre d'elle :

-   « Veuillez m'excuser ma dame, mais je vous ai déjà croisé sans vous aborder sur la Grand Place et je m'en voudrais de laisser passer une deuxième chance de me présenter à vous. » Il se tut quelques secondes, la regardant droit dans les yeux. « Je m'appelle Louis Voeckler et je...je voulais simplement vous dire que je vous trouve magnifique... »

Les hommes qui accompagnaient la jeune femme se regardèrent entre eux, éberlués, avant de soudain éclater de rire. Ce n'est qu'alors que Louis se rendit compte de la stupidité de sa démarche. Qu'espérait-il ? Que cette magnifique femme, sans doute issue de la noblesse, lui répondrait « Vous êtes également très beau, allons faire plus ample connaissance autour d'une bière ! ». Les secondes de silence avant sa réponse lui parurent une éternité. Elle finit par affirmer, avec un fort accent Français :

-   Merci à vous du compliment. Bonne soirée Monsieur Voeckler.

Puis elle se retourna vers les hommes qui l'accompagnaient, les invitant à la suivre vers une grande table, apparemment réservée. Louis reconnut après coup dans le groupe plusieurs négociants parmi les plus riches de la ville. Il resta dans un premier temps immobile, se sentant honteux, avant de retourner s'asseoir à côté de François. Le vieil homme usa de quelques blagues paillardes pour lui remonter le moral, sans guère de succès.

Pour une fois, Louis se sentait seul, très seul. Et la vue de la complicité entre François et sa nouvelle compagne le rendait en quelque sorte jaloux. Même si au fond de lui, il était content pour le vieil homme.

Près d'une heure plus tard, François se leva en tenant sa compagne de la soirée par la taille et souhaita une bonne nuit à Louis, qui resta seul à la table. Après avoir fini son repas, le jeune homme se leva à son tour et se dirigeait vers la porte de l'auberge pour rentrer quand il sentit que quelqu'un lui touchait le bras. Il se retourna : c'était la femme à la robe rouge.

- Monsieur Voeckler. Je rentre chez moi, » entama-t-elle d'une voix détendue, comme si elle le connaissait bien. « La compagnie de la guilde des marchands m'a complètement épuisée : ils sont d'un ennui ! Accepteriez-vous de me raccompagner chez moi ? La marche est un peu longue et je ne voudrais pas me faire agresser à cause de ma « magnificence », conclut-elle en souriant.
- « Euh », répondit-il d'une voix hésitante, surpris, « je...oui, bien sûr. »

Il ouvrit la porte du bar et fit signe à la jeune femme inconnue de s'avancer. L'obscurité était désormais presque complète. Les lampadaires éclairaient la chaussée recouverte de pavés d'une lueur blafarde, mettant en évidence les façades colorées des maisons à proximité. La jeune femme commença à marcher d'un pas vif dans la rue encore animée, en ce soir de fête, sans l'attendre. Louis en profita pour admirer quelques instants son corps de dos, puis accéléra le pas pour revenir à sa hauteur. Son regard se porta alors vers son visage : sa peau lisse et claire semblait toute douce. Elle avait un grain de beauté juste à côté du nez, des sourcils fins, des yeux marron pétillant d'intelligence et des lèvres pulpeuses. Ce soir-là, elle avait deux perles blanches à ses oreilles et un long collier fin en argent.

La longue robe rouge sombre qu'elle portait était différente de la première fois où il l'avait vue. Une ceinture noire mettait en évidence sa taille fine tandis qu'une petite veste blanche la protégeait du froid de la nuit.

Elle prit la parole en premier, tout en lui tendant la main, sans s'arrêter de marcher :

- « Je m'appelle Clémence.
- Et moi Louis…comme vous le savez déjà, » répondit le jeune homme en lui baisant la main maladroitement.
- « Enchantée de faire votre connaissance, Louis », reprit-elle, amusée par ses manières. « Mais dites-moi, votre visage me dit quelque chose. Vous ne seriez pas vendeur de soieries sur la Grand Place ?
- Euh, oui », bredouilla le jeune homme, surpris qu'elle se rappelle de lui. « Je vois à votre accent que vous venez de France. Vous êtes venus à Bruxelles pour affaire ou en visite ?
- Je suis négociante de produits français : fromages, saucissons, vins… Je les achète en France et je les revends aux grands marchands des principales cités européennes, comme Bruxelles. Je profite souvent des grandes foires pour faire de bonnes affaires.
- La semaine est bonne pour les affaires ?
- Plutôt oui, pour l'instant. Mais ne parlons pas affaires. Si j'ai voulu rentrer avec vous, c'est justement puisque ces bourgeois arrogants m'ont fatigué avec leurs marchandages sans fin. J'ai besoin de me détendre en parlant d'autre chose.
- Comme vous voudrez », répondit Louis tout en réfléchissant à une nouvelle question. « Où résidez-vous pendant votre séjour chez nous ?
- A proximité de la chapelle Saint Jean. C'est un quartier très agréable », répondit-elle en souriant. « Je suppose que vous êtes Bruxellois. Vous êtes né ici ?
- Non. Je suis né dans un village à côté de Gand, où mes parents ont un troupeau de vaches », répondit le jeune homme, se sentant bizarrement en confiance avec cette femme qu'il ne connaissait pas. « J'aimais beaucoup la vie

simple que je menais là-bas.

- Pourquoi êtes-vous parti ?
- A vrai dire, je pensais reprendre l'exploitation des parents ». Il fit une pause tandis que ses yeux se perdaient dans le vague. « Mais j'ai eu envie de fuir la vie toute tracée qu'on me promettait. Je suis parti à l'aventure en débarquant à Bruxelles pour y trouver le boulot de mes rêves quand j'étais encore adolescent.
- Vous aviez quel âge ?
- Seize ans. Après une année de galères où j'ai testé pas mal de petits boulots, je suis devenu apprenti d'un marchand de bibelots ambulant qui m'a appris tout ce qu'il savait. Et dès que j'ai pu, je me suis installé à mon propre compte.
- Ça vous plaît ?
- Je crois oui. J'aime rencontrer plein de gens. Et l'excitation qu'on ressent quand on n'est pas loin de conclure une vente. » Il se tut, alors qu'ils passaient devant la Cathédrale de la ville. « Mais dites-moi, comment trouvez-vous Bruxelles ?
- C'est une très jolie ville », répondit-elle en jetant un regard autour d'elle. « La première fois que je suis arrivée sur la Grand Place, j'en ai eu le souffle coupé. Les façades sont tellement magnifiques ! Et je trouve qu'il se dégage de cette ville une douceur de vivre que nous n'avons pas à Paris ». Puis elle se tourna vers Louis en esquissant un large sourire : « et surtout, j'aime bien le romantisme désuet de ses habitants… »

La conversation continua ainsi tout le long du trajet, sans temps mort, des éclats de rire se faisant parfois entendre dans la nuit. Ils finirent par pénétrer dans une rue boisée d'un quartier chic de la capitale que Louis ne connaissait pas. De chaque côté de la rue, de magnifiques hôtels particuliers avec des jardins fleuris l'impressionnèrent. Chaque façade était ouvragée, avec des statues, des fenêtres à vitraux... Clémence interrompit Louis dans sa contemplation en reprenant la parole d'une voix enjouée

- « Je vais pouvoir finir le chemin seule, à partir d'ici.
- Vous ne souhaitez pas que je vous raccompagne jusqu'à chez vous ?
- Sachez, jeune homme, que chaque femme aime préserver une part de mystère », sourit-elle. « Et je ne risque rien dans le quartier. Je vous remercie de m'avoir raccompagné et de m'avoir diverti pendant le trajet… Cela m'a fait du bien de ne pas parler affaires pour une fois, ne serait-ce que lors d'une promenade nocturne !
- J'ai été ravi moi aussi », répondit le jeune homme en souriant à son tour. « Sachez que je suis très heureux d'avoir fait votre connaissance », dit-il en la regardant droit dans les yeux.
- « Je vous souhaite une bonne nuit, Louis », conclut-elle en se retournant et en commençant à avancer dans la rue.
- « Attendez... » clama Louis presque malgré lui. « Je...Je connais un restaurant pas loin d'ici où les fruits de mer sont délicieux. Me feriez-vous l'honneur de m'y accompagner demain midi ?
- Demain midi... » répéta la jeune femme qui s'était arrêtée, tournant la tête vers lui. « Je ne serai malheureusement pas disponible : j'ai déjà des engagements. Mais ce sera avec plaisir que je vous y accompagnerai après-demain, pour déjeuner, si toutefois cela vous convient.
- Bien sûr. Où pouvons-nous nous retrouver ?
- Je viendrai vous retrouver à votre étal sur la Grand Place, à midi... A très bientôt », souffla-t-elle avant de disparaître au prochain carrefour.

Le jeune marchand se retrouva seul au milieu de la rue, dans la nuit qui lui parut soudain plus froide. Il resta là, immobile, pendant presque une minute, le sourire aux lèvres.

Cette nuit-là, il dormit mal, repensant sans arrêt à une femme. La femme à la robe rouge.

Vengeance

Une autre personne eut du mal à trouver le sommeil cette nuit-là. Elle s'appelait Martine Dumont. Elle n'aimait pas son corps, qu'elle trouvait trop gros. A vrai dire, elle n'aimait pas grand-chose chez elle, ni son visage, parsemé de tâche de rousseurs, ni ses larges cuisses. Seuls ses cheveux lui plaisaient : longs, blonds, lisses. Doux. Elle les chérissait plus que tout.

Ses nombreux complexes l'avaient longtemps privé d'un homme. Cela faisait d'ailleurs seulement quelques mois qu'elle n'était plus pucelle, alors même qu'elle allait bientôt avoir trente ans. Un homme avait enfin su lui donner sa chance, lui montrer qu'elle était désirable ! Pendant quelques jours, elle s'était sentie belle, elle avait eu l'impression de commencer enfin à vivre. Elle n'avait donc pas hésité quand elle avait eu l'occasion d'offrir sa virginité à ce gentilhomme qui lui avait redonné confiance en elle. Elle lui avait même fait don de bien plus : son cœur ne battait plus que pour lui. Les nuits qu'elle passa avec cet homme charmant aux cheveux blancs furent les meilleures de sa vie. Elle retournait travailler le matin fatiguée mais heureuse, comblée, retrouvant avec plaisir son amoureux dans la journée, quand il venait boire un coup dans l'auberge de sa mère.

La désillusion avait été terrible quand elle s'était rendue compte que celui qu'elle aimait ne partageait pas ses sentiments. Elle lui avait avoué un matin son amour, ce qui avait eu pour effet direct de le faire fuir ! Quel lâche ! Depuis, il lui parlait à peine, juste pour prendre commande quand il venait à l'auberge. Comme si de rien n'était...

Il lui avait brisé le cœur mais il ne semblait même pas y prêter attention... Elle s'était livrée à lui sans compter. Sans rien recevoir en retour. Elle se sentait trahie, humiliée.

Depuis, la vie lui semblait encore plus terne qu'auparavant.

Et lui paradait avec sa dernière conquête sous ses yeux ! Il la prenait dans ses bras, l'embrassait, lui chuchotait des mots doux à l'oreille à l'auberge ! Pire, il avait réservé une chambre à l'auberge pour lui et son amante ! Il ne doutait décidément de rien.

Ce soir-là, elle prit sa décision. Elle lui ferait payer sa trahison et sa lâcheté. Dans les prochains jours, dès que l'occasion se présenterait.

Le prénom de celui qu'elle détestait plus que tout au monde la hanta toute la nuit, l'empêchant de dormir convenablement.

François...

François.

Dîner

Louis se réveilla en sursaut le lendemain matin aux aurores, pour l'avant dernier jour des festivités du Printemps. Il avait mal à la tête et se demanda ce qui s'était réellement passé la veille. Il se dirigea sur la Grand Place où il reprit son emplacement habituel, à côté de François. Ce dernier lui raconta dans les moindres détails sa nuit agitée avec Catherine mais Louis ne l'écoutait que d'une oreille. Son esprit était trop occupé par Clémence. Ses cheveux, ses yeux, son rire. Tout avait semblé si naturel malgré leur évidente différence de condition... La tête ailleurs, il laissa passer plusieurs ventes. La journée fut tout de même plutôt bonne. Il réussit à vendre tout un lot de tissus à une vieille bourgeoise Lilloise, en visite dans la région.

Ce soir-là, François invita Louis à venir dîner chez lui, comme chaque mercredi soir. C'était devenu un rituel. Le jeune homme passait dans les commerçants du quartier pour récupérer du pain frais et du jambon de qualité et ils passaient la soirée ensemble à les déguster avec les meilleurs fromages vendus par le vieil homme. Le tout était bien sûr agrémenté d'un bon vin rouge Français. Puis ils restaient tard à se défier aux échecs, où Louis excellait.
Le vieil homme résidait à quelques pâtés de maisons de Louis, rue Basse, dans une petite demeure qu'il décorait avec soin, même s'il n'y invitait presque personne.
La soirée était déjà bien avancée et Louis allait porter à sa bouche un énième verre de vin quand son regard fut attiré par le portrait accroché sur le mur de la salle à manger, à côté de la cheminée. Il s'agissait d'une peinture de l'ex-femme de François, morte en couche de nombreuses années auparavant. Leur bébé, qui aurait dû être leur premier enfant, n'avait pas survécu lors de ce drame. Une double perte terrible que le marchand de fromage avait eue bien du mal à digérer.

Cette douloureuse expérience l'avait néanmoins aidé, des années plus tard, à trouver les mots pour soutenir un jeune négociant qu'il venait de rencontrer, qui avait lui aussi perdu sa femme suite à une maladie fulgurante. Ce jeune homme, c'était Louis.

Les deux hommes s'étaient nettement rapprochés grâce à cette douloureuse expérience commune : ils pouvaient enfin discuter avec quelqu'un capable de comprendre leur peine.

– Tu garderas toujours son portrait accroché ici ?
– Bien sûr. C'est ma femme. Et elle le restera même si elle n'est plus là.

Après plusieurs années de deuil, François avait en effet pris le parti radical de profiter à fond des années qu'il lui restait avec la gente féminine. Malgré ses cinquante ans passés et sa longue barbe blanche, il plaisait beaucoup aux femmes, qui appréciaient son art de la séduction et son franc-parler. Mais ces aventures ne devenaient jamais sérieuses, car le vieil homme tenait à ce qu'elles ne restent qu'un amusement sans lendemain, aucune femme ne pouvant remplacer celle qu'il avait épousé. Il quittait ainsi ses conquêtes quand ça risquait de devenir sérieux, par peur de souffrir encore. De connaître à nouveau ce sentiment de vide intense.

Louis comprenait sa décision. Cela faisait deux ans que Marie était partie pour de bon et il n'avait pas encore réussi à avoir une relation avec une autre, ne serait-ce qu'une aventure. Trop de choses lui rappelaient son aimée. Son souvenir était encore beaucoup trop vivace.

– T'en veux encore ? » le questionna François en lui tendant un fromage de chèvres à peine entamé.
– « Oui, volontiers », répondit le jeune Belge en s'en

coupant une large tranche qu'il posa sur son pain de campagne.

- « Alors, ton bilan des festivités du Printemps ? Satisfait ?
- En partie seulement, j'ai moins bien vendu que l'année dernière. J'ai l'impression que mes produits ont moins le vent en poupe. Je vais devoir réadapter mon stock ! Et toi ?
- Oh, tu sais. Le fromage, c'est indémodable », sourit-il. « Ça fait moins de marge mais ça se vend bien ! Je vais pouvoir offrir un beau collier à Catherine !
- Dites donc, j'ai l'impression que tu apprécies vraiment cette Catherine ! Tu m'en parles tout le temps ! C'est la fille que j'ai vu l'autre jour à l'auberge, non ?
- Oui, c'est bien elle. Elle est magnifique. Et beaucoup plus intéressante à elle seule que mes cinq dernières conquêtes. Elle est très cultivée. Elle a même lu Tristan et Iseut, mon livre préféré...

Tout en mâchant avec délectation son morceau de fromage, Louis observa le regard du vieil homme quand il parlait de son amante. Ses yeux s'allumaient. Un sourire s'esquissait sur son visage. Un instant, Louis ressentit de la jalousie pour son bonheur apparent, qu'il chassa rapidement, honteux.

- « Bon, on la commence cette partie d'échec ? » questionna le jeune homme en reservant un verre de vin de Bordeaux à son hôte.
- « Avec joie. Je suis heureux de voir que tu n'en as pas marre de perdre sans cesse contre moi », rigola François d'un ton ironique. « Et cette fois, c'est moi qui commence ! »

Refus

Le Marquis de Saxe était de bonne humeur ce matin-là. Les affaires lui étaient favorables ces derniers temps et il était en train de gagner la « guerre » qu'il avait déclenchée des années auparavant contre son vieux rival, le Comte de Moron.

Comme il en avait l'habitude en se levant, il regardait par la fenêtre de son hôtel particulier les passants tout en fumant distraitement une vieille pipe qui avait appartenu à son père.

Un serviteur rentra dans le salon, vêtu d'un costume tiré à quatre épingles, entamant d'une voix solennelle :
- « Monsieur le Marquis, votre visiteur vient d'arriver. Dois-je le faire entrer ?
- Faites donc, faites donc » répondit le maître des lieux d'une voix absente, sans se retourner. « Et apportez-nous des rafraîchissements. »

Quelques instants plus tard, les lourdes portes en bois du salon s'ouvrirent de nouveau pour laisser entrer un homme fin d'une cinquantaine d'années, couturier de son état.

- « Bienvenue dans mon humble demeure, Monsieur Vernet » entama le Marquis d'une voix mielleuse. « Je vous en prie, venez-vous asseoir », lui intima-t-il en lui désignant un confortable fauteuil en cuir qui lui avait coûté une fortune.
- « Je vous remercie » répondit le couturier, intrigué, en s'exécutant.
- « Vous vous demandez sûrement pourquoi je vous ai convoqué ici », reprit le Marquis en s'asseyant à son tour sur son fauteuil préféré. « Ce n'est pas à propos de vos costumes, qui m'apportent entière satisfaction ». Le

Marquis s'interrompit tandis que le serviteur venait de pénétrer dans la salle avec un plateau chargé de boissons. « Que puis-je vous offrir à boire ? »

– « Je n'ai pas soif » répondit l'homme, qui semblait inquiet.

– « Soit, tant pis pour vous. En ce qui me concerne, je prendrai un verre de Cognac ». Il attendit d'être servi et de boire une gorgée avant de se retourner vers Hubert Vernet, un large sourire aux lèvres. « J'ai appris que votre fille se débrouillait très bien dans ses nouvelles missions. Je suis ravi de voir que j'ai bien fait d'appuyer sa nomination auprès du Roi. Vous savez que c'est très rare de confier ces responsabilités à une femme, même aussi douée que votre fille...

– Et je ne vous remercierai jamais assez de votre appui » enchaîna le couturier, désormais clairement mal à l'aise, comme le prouvait le mouvement incessant de ses jambes.

– « Votre fille est quelqu'un de remarquable. Je l'ai tout de suite vu. A la fois cultivée et belle. Dure en affaire et douée d'une formidable répartie. » Il but une nouvelle gorgée de Cognac, suivi d'une grande respiration. « Vous n'êtes pas sans savoir que je suis sans doute l'un des hommes les plus riches de Paris. Je suis comblé en affaire. Mais je ne peux pas en dire autant en amour où je n'ai pas encore trouvé chaussure à mon pied, si je puis dire.

– Je crois savoir où vous voulez en venir... » l'interrompit Hubert Vernet d'une voix blanche. « Mais la main de ma fille ne m'appartient pas.

– On dit pourtant que vous êtes très proche d'elle et qu'elle écoute attentivement tous vos conseils. » La voix du Marquis devint soudain moins amicale. « Je n'ai guère eu l'occasion de la croiser ces derniers temps. J'aimerais au moins pouvoir lui parler. Pensez au bénéfice que pourrait vous apporter un mariage avec un nom aussi prestigieux que le mien ! Vous seriez à l'abri du besoin pour le reste de votre vie. Et je saurai me montrer généreux, vous le savez !

— Je n'en doute pas. Mais seule ma fille décidera de l'homme avec qui elle partagera sa vie. Et votre argent ne pourra jamais changer cela. » conclut Vernet en se levant brusquement. « A présent, si vous voulez bien m'excuser, mais j'ai de multiples commandes en cours de vos amis de la noblesse et je ne voudrais pas les faire attendre. Puis-je prendre congé ?

— Faites, faites », affirma le Marquis dans un souffle, les traits froncés.

Le riche Noble regarda les portes en bois se refermer derrière le couturier d'un air courroucé. Ses joues rouges trahissaient sa colère : personne ne résistait jamais au Marquis de Saxe, et cela n'allait pas commencer aujourd'hui.

Aux Armes de Bruxelles

Dans la calèche qui l'emmenait à la Grand Place de Bruxelles, Clémence faisait le bilan de sa matinée. Lors d'une réunion avec un responsable de la guilde des marchands, elle avait réussi à vendre toute une cargaison de vins de Bordeaux. Elle pensait déjà aux dispositions logistiques qu'elle devrait prendre pour les emmener à bon port dans les délais prévus. Cela ne devrait pas poser trop de difficultés, pensa-t-elle tout en sortant un petit miroir de son sac. Elle replaça une mèche blonde qui s'était aventurée sur son front et s'assura que le col de sa robe était bien mis. Satisfaite, elle jeta un coup d'œil par la fenêtre, observant les nombreux passants s'écarter au dernier moment pour éviter l'attelage.

Des nombreuses villes qu'elle était amenée à visiter pour sa nouvelle mission pour le Roi de France, Bruxelles était une de ses favorites. Elle ne savait pas trop pourquoi car la ville ne comportait pas de monuments remarquables comme Rome ou Paris. Mais elle aimait l'atmosphère qui se dégageait de ces bâtisses, de cette foule bigarrée et accueillante. Et elle ne repartait jamais de la ville sans quelques boîtes de délicieux chocolats locaux.

Un instant, elle repensa à sa chance d'avoir obtenu ce poste prestigieux. Ambassadrice des produits Français à l'étranger. Alors même qu'elle n'était qu'une simple fille de couturier ! Elle savait très bien à qui elle devait cette nomination mais n'en avait que faire. Le Marquis de Saxe essayait de la séduire depuis des années avec des attentions et des cadeaux mais elle avait toujours fermement résisté à ses avances. Il ne l'attirait pas et ses bonnes manières n'y changeaient rien.

Elle leva les yeux au ciel, remarquant que les nuages gris avaient presque disparu, laissant la place au soleil.

- Nous sommes arrivés, Mademoiselle », intervint le cocher.
- « Ah, merci beaucoup jeune homme. Tenez, voici pour vous », répondit-elle en déposant une pièce dans sa paume.

Elle déambula quelques instants sur la Grand Place, observant les marchandises sur les différents étals, se rapprochant petit à petit de celui de Louis. Elle avait beaucoup apprécié les quelques instants passés à discuter à bâtons rompus avec cet inconnu, deux jours plus tôt. Elle se sentait étrangement à l'aise avec ce jeune homme simple et naturel, si différent des gens qu'elle devait maintenant côtoyer. Il ressemblait à l'ancienne Clémence, celle de l'est Parisien, qui jouait sur le trottoir avec quelques boutons qu'elle volait à son père... Elle attendait avec impatience de repasser un peu de temps avec lui, avant son départ pour Amsterdam, deux jours plus tard.

En regardant la grande horloge sur l'hôtel de ville, elle remarqua qu'elle était en avance. Qu'importe. Elle le prendrait par surprise ! En l'apercevant en train de s'affairer derrière une étagère remplie de marchandises, elle entama d'une voix décidée :
- Combien pour ce foulard ?
Le jeune homme releva la tête et sourit en voyant Clémence devant son étal, vêtue d'une longue robe rouge et d'une veste en soie également rouge : elle était encore plus belle que lors de leur précédente rencontre.
- Je vous l'offre. Pour vous donner envie de revenir m'acheter d'autres marchandises à l'avenir », répondit-il en lui tendant le foulard.
- « Quel merveilleux sens des affaires ! J'accepte », dit-elle en mettant le foulard noir autour de son cou. « Je parlerai de la qualité de votre étal à mes amis Bruxellois... »

– Non, ne vous embêtez pas.
– Je le ferai avec plaisir... »

Louis la remercia et posa une grande couverture pour protéger ses marchandises. Il se tourna vers François, qui accepta de garder un œil sur l'étal en l'absence du jeune homme.

Les deux jeunes gens se mirent alors en route vers le Restaurant, discutant presque sans interruption sur tout le trajet, parlant de tout et de rien, un sujet en suggérant un autre. Naturellement.
Louis était tellement absorbé par sa discussion qu'il faillit manquer sa destination, Rue des Bouchers. Les deux épées croisées devant la porte du numéro quinze de la rue le ramenèrent à la réalité : elles constituaient l'emblème de l'établissement, le fameux « Aux Armes de Bruxelles ». Il tira la porte d'entrée, laissant passer son invitée. Un serveur vint à leur rencontre pour récupérer leurs vestes. Louis n'était venu qu'une seule fois dans ce restaurant chic de la capitale, avec son ex-femme. Un instant, une bouffée de nostalgie l'envahit, obscurcissant son regard. Il revoyait Marie, assise en face de lui à la table à côté de la cheminée, il entendait son rire. Clémence sembla percevoir son malaise puisqu'elle lui demanda si tout allait bien. Louis la rassura, et fut soulagé de voir qu'on les plaçait sur une table à côté de la fenêtre. Les deux jeunes gens s'installèrent et plongèrent tout de suite leur regard dans la carte. Louis commanda sans hésiter une carbonade flamande, leur spécialité, et Clémence des chicons braisés. Il commanda également une bonne bouteille de Bordeaux, voulant faire honneur au pays de son invitée.
Le serveur revint quelques instants plus tard pour remplir leur verre. Il en profita également pour allumer une bougie à leur table.

– Dites donc, c'est romantique ici », blagua Clémence

pour détendre Louis, qui semblait absent.

– Oui, c'est vrai. Mais c'est surtout très bon ! Vous verrez », répondit Louis d'une voix calme, chassant les souvenirs de sa femme disparue.

– Ce qui est sûr, c'est que leur vin est parfait », reconnut la jeune femme d'une voix experte.

– Tant mieux ! » Reprit le jeune homme avant de marquer une pause. « Alors dites-moi, Mademoiselle Clémence...

– Appelez-moi juste Clémence. J'en ai marre des mesdemoiselles !

– D'accord...Clémence. Dites-moi, combien de temps comptez-vous rester dans notre belle capitale ?

– Encore quelques jours. Avant que les affaires ne m'appellent ailleurs... Je suis constamment sur les routes !

– Vous devez avoir visité de nombreuses villes ?

– Oui, effectivement, et ça me plaît ! J'adore rencontrer du monde, découvrir de nouveaux endroits, déguster de nouveaux plats... Je pense que j'ai énormément de chance.

– Vous voyagez seule ?

– Non, pas vraiment. J'ai une vieille domestique qui me suit partout. Sauf quand j'arrive à m'en débarrasser, comme ce midi ! » Sourit-elle.

– Moi, c'est un peu pareil, j'ai un âne qui me suit partout ! » Blagua Louis en souriant.

– « Si vous voulez, on échange ! »

Les deux jeunes gens rirent avant de commencer à déguster le plat qu'on venait de leur servir. Louis, trop pressé de goûter, se brûla la langue et fit une grimace en avalant, ce qui déclencha un nouvel éclat de rire chez Clémence.

– « Ce que j'apprécie chez vous », reprit Louis après avoir

bu un verre d'eau entier pour tenter de calmer la brûlure, « c'est que vous êtes resté simple et ouverte malgré votre statut important...

– Et qu'est-ce qui vous fait dire que j'ai un statut important ? » le questionna-t-elle, malicieuse.

– « Vos habits. Ils sont magnifiques... » commença-t-il, hésitant à poursuivre. « Et aussi hors de prix. Quant aux personnes que vous rencontrez, ce ne sont que des très hauts dignitaires de Bruxelles. Et vous avez une domestique...

– J'ai été trahie... » avoua-t-elle.

– « Et pourtant, vous n'êtes pas du tout comme les personnes haut placées que j'ai eu l'occasion de côtoyer. Vous me respectez. Vous ne me regardez pas de haut.

– Parce que j'ai été comme vous, Louis.

– Plus jeune ?

– Oui. Je ne suis pas née avec une cuillère en argent dans la bouche.

– Que faisiez vos parents à l'époque ?

– Ma mère travaillait dans une cordonnerie et mon père était un simple couturier. On vivait à Paris, dans un quartier populaire dans l'est, rue du faubourg saint Antoine. Vous connaissez Paris ?

– Non, je n'ai jamais eu la chance d'y aller », répondit Louis avec une pointe de regret.

– « Vous devriez y venir un jour ! Enfin, pour revenir à mon histoire, nous n'étions pas non plus dans le besoin, mais jamais je n'aurai pu m'acheter un collier comme celui-ci », fit-elle en montrant le merveilleux collier de perles qu'elle portait.

– « Vous étiez heureuse ?

– Très. J'adorais mon quartier. Mes voisins, la boulangère qui me réservait toujours une brioche bien chaude.

– Et que s'est-il passé ? Comment êtes-vous

devenu...riche ?

– Par hasard. Un noble proche du Roi avait été envoyé dans le quartier pour une mission administrative, je ne me rappelle plus laquelle. » Elle fit une pause, rassemblant ses souvenirs. « En passant devant la petite boutique de mon père, il a été surpris par la qualité de son travail de couturier. Il est rentré dans son magasin pour lui demander de travailler sur une tenue pour un bal. Comme il a été très satisfait du résultat, il est revenu plusieurs fois. Avant de recommander cette adresse à ses amis de la noblesse. Mon père est ainsi petit à petit devenu le couturier préféré des plus riches Parisiens. Notre fortune était faite !

– Vous avez donc vécu deux vies, en quelque sorte.

– En quelque sorte, oui », conclut-elle en portant à nouveau le verre de vin à sa bouche. Son regard se teinta de mélancolie quelques secondes, puis elle baissa la tête, avant de reprendre : « si vous pouviez être riche une journée, que feriez-vous ?

– Je dépenserai un maximum ! » sourit Louis, se sentant une nouvelle fois particulièrement en confiance avec cette femme qu'il connaissait à peine. « J'achèterai des habits de gentilhomme hors de prix, un âne plus jeune... Et mon propre magasin dans une rue chic, où je vendrai des porcelaines de première qualité ! Et aussi une flûte de maître !

– Vous jouez ?

– Un peu. Mon père m'a appris quand j'étais petit. Mais j'ai perdu ma flûte un jour et je n'en ai jamais racheté. » Il mordit dans un morceau de pain frais avant de reprendre d'un air malicieux : « et vous, que feriez-vous si vous étiez de nouveau pauvre ?

– Je partirai en voyage loin, en servant si nécessaire sur le navire pour payer le voyage. J'irai en Chine. En

Amérique. Je ferai le tour de la terre !

- Alors je viendrai avec vous, pour vous tenir compagnie », plaisanta Louis, en la regardant droit dans les yeux.
- « Voilà un beau projet », reprit Clémence en détournant les yeux. « Prendrez-vous un dessert ? » Le questionna-t-elle, changeant de sujet.
- « Bien sûr. Et je vous conseille les Spéculoos de la maison, ils sont délicieux ! »

Les jeunes gens terminèrent de manger en continuant de discuter de manière animée. Louis régla ensuite la note et ils quittèrent tous les deux la table, l'esprit légèrement embrumé par le vin.

Louis raccompagna la jeune femme jusqu'au lieu de son prochain rendez-vous, devant une belle bâtisse d'un notable Bruxellois. Il faisait un beau soleil, à tel point que le jeune homme avait presque trop chaud avec son épaisse veste en laine. Il cherchait comment conclure ce beau moment, avant de retourner à son étal sur le marché. Peu inspiré, il se contenta de cette phrase :

- « Clémence, je me sens bien avec vous. J'ai envie de vous revoir.
- Sachez jeune homme que c'est réciproque », sourit la femme à la robe rouge. « Pourquoi ne pas nous revoir demain soir ? La foire sera terminée et nous pourrons en profiter pour passer toute la soirée tous les deux. J'ai entendu dire que cette ville était merveilleuse la nuit.
- Avec plaisir, je serai votre guide ! Où pourrions-nous nous retrouver ?
- C'est à mon tour de proposer un restaurant. Je ne sais pas si vous connaissez le « Vieux Cerf », rue des Flamands ?

– De réputation. C'est un des meilleurs restaurants de la ville. Je n'ai jamais eu la chance de m'y rendre.

  – Je vous y invite demain soir. Je vous propose de m'y retrouver à dix-neuf heures, si toutefois cela vous convient.

C'est parfait ! A demain alors, belle demoiselle », conclut-il en s'inclinant, déjà impatient.

  – A demain. Bon après-midi à vous, jeune damoiseau ! » Répondit-elle en toquant à la porte de la riche demeure, jetant un regard derrière elle pour suivre le jeune belge s'éloigner.

Imprévu

Le lendemain avait lieu le dernier jour de la foire de Printemps de Bruxelles. Sans doute le jour le plus important, où tous les marchands accordaient généreusement des remises pour écouler au maximum leurs produits. Louis s'était ainsi levé tôt pour bien décorer son étal et bien achalander toutes ses marchandises.

Jetant un regard vers le ciel, il implora Dieu d'être clément et de lui accorder un jour sans pluie. Le jeune homme n'était pas religieux pour un sou, se rendant à l'église une ou deux fois par an, quand il retournait voir sa famille, à la campagne. Il priait également très peu, considérant que ses prières restaient la plupart du temps sans réponse. Néanmoins, dans les moments importants, il avait toujours une pensée pour le seul qui pouvait éventuellement lui donner un coup de main : Dieu.

Il salua le vieux François, qui venait d'arriver : il avait de larges cernes sous les yeux et baillait régulièrement à s'en décrocher la mâchoire. Il avait incontestablement encore passé une nuit agitée... Cela ne l'empêcha pas d'être efficace lorsqu'il installa devant lui, avec la force de l'habitude, tout son étal de fromages en sifflotant. Voyant qu'il était observé, le vieil homme se retourna vers Louis :

– Tu veux un morceau ? » le questionna-t-il avec un clin d'œil, en lui tendant un gruyère déjà entamé.

– « Non, merci, c'est un peu tôt ! La nuit a été difficile ?

– Courte mais agréable », répondit-il en souriant, laissant apparaître ses dents jaunes, abîmés par le temps et par la pipe qu'il se plaisait à fumer dès qu'il avait un moment de libre.

– « Je parie que tu étais avec Catherine », l'interrogea Louis, sentant que son ami avait envie d'en parler.

– « Oui... » murmura François, les yeux dans le vague, se rappelant avec délice la nuit qu'il venait de passer. « Elle n'est pas comme les autres, tu sais... » Il renifla un fromage, décidant de le mettre de côté, avant de reprendre : « J'ai envie de construire quelque chose avec elle...

– Tu sais, je crois que c'est la première fois que je t'entends dire ça d'une femme !

– Ouais, ben t'y habitues pas ! » conclut le vieil homme, avant de se tourner vers sa première cliente de la journée, qui cherchait un « Bouquet des Moines » pas trop fait.

Louis en profita pour se concentrer sur son étal, cherchant comme d'habitude le meilleur emplacement pour chaque article, en ce jour particulier. Dans un coin de sa tête, il ne pouvait s'empêcher de repenser à Clémence, la femme à la robe rouge, qu'il devait revoir le soir même.

Le début de matinée se passa particulièrement bien, les clients se pressant devant son étal, désirant profiter du dernier jour de festivités.

Jusqu'au moment où des bruits de pas rythmés et des cris « poussez-vous, laissez passer la Garde Municipale» se firent entendre. Une dizaine d'hommes en arme semblaient approcher de son étal, le visage fermé. Louis eut peur, se demandant soudain s'ils venaient pour lui. Mais ils s'arrêtèrent net devant l'étal de fromages, se tournant vers le vieux François :

– « Vous êtes bien François Vlaminck ?

– « Oui, c'est...c'est moi », bredouilla-t-il, inquiet. Son regard montrait une incompréhension totale. « Que me voulez-vous ?

– Vous étiez bien avec Catherine Duroc cette nuit ?

– Ben...Oui, pourquoi ?

– Nous vous arrêtons pour son assassinat », conclut le lieutenant de la Garde d'une voix glaçante, le tirant brutalement par l'épaule tandis qu'un autre garde lui mettait les menottes. « Veuillez nous suivre immédiatement, et sans faire de résistance.

- Elle...elle est morte ? » murmura le vieil homme d'une voix éteinte, se laissant totalement faire. « Mais ce n'est pas possible...
- Inutile de faire semblant vieux fou ! De toute façon, nous allons vous rafraîchir la mémoire lors de l'interrogatoire ! » clama le garde en le poussant vers une rue à proximité.

Louis, qui avait regardé le début de la scène sans bouger, trop surpris par ce qui se passait sous ses yeux, sortit soudain de sa torpeur et se précipita au-devant du groupe :

- « Je connais François depuis des années. Il ne ferait pas de mal à une mouche ! Vous devez faire erreur !
- Les preuves sont accablantes », trancha le Lieutenant de la Garde d'une voix ferme. « Et ce vieux porc a reconnu lui-même avoir passé la nuit avec elle. Alors, maintenant écartez-vous de mon chemin », ordonna-t-il brutalement, poussant le jeune homme.
- De quelles preuves parlez-vous, insista le jeune homme ?
- Cela ne vous regarde pas, écartez-vous !
- Non, pas avant d'avoir des réponses »...commença Louis.

Il ne vit pas venir le puissant coup de crosse d'un garde qui l'atteint directement sur la tête. Il s'effondra immédiatement sur les pavés de la place, inanimé, un filet de sang dégoulinant de son cuir chevelu.

Absence

Clémence était toujours à l'heure à ses rendez-vous, qu'ils soient professionnels ou privés. Une caractéristique toujours appréciée par les notables avec qui elle faisait affaire. Ce mercredi-là, pour son dîner avec Louis, elle arriva même une dizaine de minutes en avance au « Vieux Cerf », l'un des meilleurs restaurants de Bruxelles. Grâce à un sourire charmeur au serveur, elle réussit à obtenir une table isolée, proche d'une fenêtre, ce qui lui permettait d'observer les passants. Elle aimait regarder leurs habits, leurs visages, leurs expressions. Certains étaient pressés. D'autres inquiets. Elle aperçut d'abord un jeune mendiant vêtu de loques qui souriait en jonglant avec une pièce de monnaie sans doute récemment gagnée. Puis un couple de riches bourgeois qui se tenaient par le bras, se rendant sans doute à une représentation théâtrale. Et un vieil homme apparemment malade qui marchait tant bien que mal vers sa destination, en boitillant.
La vie était bizarre. Elle ne donnait pas les mêmes chances à tous.

- Vous attendez quelqu'un, Mademoiselle ? » intervint un serveur, vêtu d'un costume noir et blanc, au bout de quelques minutes.
- « Oui, il ne devrait pas tarder », répondit-elle poliment.
- Désirez-vous que je vous serve un verre en l'attendant ?
- Bien volontiers. Je vais vous prendre un Bourgogne. Blanc. Évitez l'année 1825. Ce n'est pas la meilleure.
- Bien Mademoiselle, comme vous voudrez », répondit le serveur, surpris des connaissances de la jeune femme. « Je vous apporte ça immédiatement ».

Tout en dégustant son Bourgogne, qui était par ailleurs très bon, la jeune femme laissa son cerveau voguer. Et une image lui vint rapidement en tête : celle de Louis pris d'un fou-rire contagieux. Elle était contente de pouvoir passer la soirée avec lui, après cette semaine éreintante à Bruxelles où elle avait rencontré tout ce que la ville comportait de notables influents. Avec lui, elle pourrait enfin se détendre et profiter un peu de la ville.

Un messager l'avait informé juste avant le repas qu'elle était attendue au plus vite à Paris, pour une affaire urgente. Elle partirait donc dès le lendemain matin, mais cela ne l'empêcherait pas de passer une nuit agréable avant son départ avec ce sympathique jeune marchand. Elle le connaissait à peine mais regrettait déjà de ne pouvoir rester plus longtemps dans la capitale Belge...

Elle jeta un regard vers l'horloge du restaurant, qui indiquait 19H15. Ce Louis était d'une compagnie agréable mais n'était apparemment pas ponctuel. Elle recommanda un deuxième verre et une entrée, décidant de l'attendre encore un peu. « Pourrait-il ne pas venir du tout ? » se demanda tout bas Clémence. « A moins qu'il ne m'ait oublié... »

A vingt heures, toujours sans nouvelles de Louis, elle se leva, déçue, et partit sans se retourner en laissant largement de quoi payer sur la table. En rentrant seule chez elle ce soir-là, la jeune femme regretta d'avoir perdu du temps à se faire belle pour ce rendez-vous.

Réveil difficile

Des murs inconnus, blancs. Une table de chevet en bois de chêne. Un épais livre posé dessus. En ouvrant péniblement les yeux, Louis se demanda où il pouvait bien être. Il avait terriblement mal à la tête et dut renoncer quand il tenta de se redresser sur ses coudes. Il porta la main à son front, tâtant le bandage qui tournait tout autour de sa tête.

Il se rappela soudain pourquoi il était tombé inanimé. La Garde Municipale. François. Il devait absolument faire quelque chose. C'est alors qu'une voix familière se fit entendre d'une autre pièce :

- « Ah, je vois que le grand blessé se réveille enfin ! »

Martha, la boulangère de la rue des Harengs, juste à côté de la Grande Place, fit son entrée dans la chambre, un torchon sur l'épaule. Âgée d'une quarantaine d'années, son ventre enrobé trahissait son amour pour les pâtisseries. Elle se baissa pour ramasser une éponge, la trempa dans un sceau d'eau chaude posé juste à côté et l'appliqua doucement sur le front du jeune homme.

- « C'est juste un mauvais coup », reprit-elle. « Tu seras bientôt sur pied ». Puis elle se redressa, et d'un ton de reproche, lui demanda : « Qu'est-ce qu'il t'a pris de te mettre en travers de la Garde ? Ce ne sont pas des enfants de cœur !
- Je...je n'ai pas réfléchi », soupira Louis. « Martha, ils ont pris François ! Et ils vont l'accuser de meurtre ! Si je ne fais rien, il va être condamné à mort... »

Louis connaissait bien la justice de Bruxelles, souvent expéditive sur des affaires de meurtre, surtout quand elle avait un coupable tout trouvé sous la main. Relativement pauvre, sans famille en vie, François ne manquerait à personne.

- « Il faut faire confiance aux juges », affirma la

Boulangère en lui passant une nouvelle fois une éponge mouillée sur le front. « Avec un peu de chance, ils trouveront le vrai coupable... En tout cas, nous ne pouvons pas y faire grand-chose », conclut la boulangère d'une voix morne.

- « Je ne les laisserai pas exécuter un innocent ! » hurla presque Louis, sentant sa tête résonner douloureusement.

Il se redressa quelque peu, jetant un coup d'œil par la fenêtre. Il faisait nuit noire dehors.

- « Depuis combien de temps suis-je ici ?
- Je t'ai recueilli avec mon mari ce matin. Tu es resté évanoui pendant une bonne douzaine d'heures.
- Mais quelle heure est-il ? »

Martha jeta un regard vers l'horloge située dans l'entrée :

- « Deux heure trente. Si tu veux faire quoique ce soit, ce ne sera pas maintenant : tout le monde dort ! Et je vais d'ailleurs aller me recoucher moi aussi ! Essaie de te reposer. Tu iras sauver François demain ! »

Le jeune homme sentait que le sommeil allait le rattraper à nouveau quand il jura soudain à voix haute. Son dîner avec Clémence ! Il devait la retrouver au Vieux Cerf à 19H ! Son cœur se serra quand il pensa qu'il avait sans doute terriblement déçu cette magnifique jeune femme. Il pensa un instant passer la voir le lendemain pour s'excuser, lui expliquer les raisons de son absence. Mais il ne savait même pas où elle résidait et où la trouver ! Peut-être ne la reverrait-il jamais si elle ne venait pas elle-même lui rendre visite à son étal, ce qui était désormais peu probable...

Quelle journée cauchemar !

Enquête

Quelques heures plus tard, Louis se sentait mieux. Un soleil généreux transperçait les rideaux de la petite chambre. Il se leva avec un peu de difficulté et se dirigea vers la pièce de vie où Martha était en train de cuisiner.

– « Ah, tu es de nouveau sur pied à ce que je vois ! » Clama Martha en l'apercevant. « Tu as faim ?
– Je...oui », répondit le jeune homme en remarquant sur l'horloge qu'il était presque midi. Mais je suis pressé.
– Tu n'iras pas bien loin sans avoir mangé un peu. Tiens, prend un peu de pain », proposa-t-elle en lui tendant un épais pain complet bien frais.

Le jeune homme croqua dedans à pleine dent, appréciant la cuisson parfaite et le goût de céréales. Il ne se fit pas prier non plus pour accompagner le pain de plusieurs tranches de jambon blanc et d'un grand verre d'eau. Rassasié et ragaillardi par cette nourriture, il se leva, insistant pour laisser quelques écus pour dédommager Martha et la remercier de son aide. Devant l'insistance de la boulangère, il lui promit de garder toute la journée son bandage et de le nettoyer régulièrement, avant de d'esquiver.

Ce n'est que dans la rue, les yeux éblouis par le soleil, que le jeune homme se figea soudain, se demandant seulement maintenant ce qu'il devait faire en priorité. Aller à la prison pour éclaircir cette sombre affaire avec le principal concerné : François ? Le jeune homme se doutait qu'on lui interdirait d'entrer. Interroger la Garde Municipale sur ce qu'on lui reprochait ? Ou se renseigner à l'auberge où François avait l'habitude de passer la nuit avec ses conquêtes ?
Il finit par pencher pour la dernière solution, qui était également la plus accessible. Il se mit en route en direction de l'auberge du

« Lapin farci », qui se trouvait à une dizaine de minutes de marche. Sa tête résonnait et lui faisait mal à chaque fois qu'il posait le pied par terre mais il n'avait pas le choix. A peine arrivé, il se dirigea instantanément vers la patronne des lieux, une femme d'une cinquantaine d'années, qui était en train de donner des ordres à ses deux filles qui lui servaient d'employés.

– « Bonjour Madame Dora », commença le jeune homme, en massant son front pour essayer de calmer la douleur.

Tous les habitués de l'auberge appelaient la patronne « Madame Dora » devant elle et « La Dora » dans son dos. Elle était très charismatique et savait se faire respecter en cas d'embrouilles, avec son physique imposant et sa voix de stentor. Elle approchait de la cinquantaine mais était toujours en pleine forme. Elle travaillait quasiment toute la journée sans s'arrêter mais ne montrait jamais le moindre signe de fatigue.

– « Bonjour mon petit Louis. Qu'est-ce que tu fais ici à cette heure ? Et comment tu t'es fait ça ? » Interrogea-t-elle en montrant du doigt le bandage autour de la tête du jeune homme.

– « C'est à cause de François... » entama Louis, ne sachant comment présenter le problème. « La Garde Municipale l'a arrêté hier !

– Oui, j'ai entendu ça. Mais...je n'ai pas été surprise par cette nouvelle. » Elle se versa un verre d'eau de vie, qu'elle vida d'un trait, avant de continuer d'une voix blanche. « Ça s'est passé ici...

– Qu'est-ce qu'il s'est passé ?

– Ben, hier matin, en faisant les chambres, ma fille Martine est tombée sur le corps de la pauvre demoiselle... Elle s'est mise à crier, je suis tout de suite montée pour voir », affirma la patronne, ses yeux s'assombrissant soudain. « Son corps était sur le lit, entièrement nu, immobile. Il n'y avait pas de sang, mais son visage était tout bleu. On l'avait étouffé, sans doute avec un oreiller. » Elle se tut quelques instants, avant de reprendre d'une voix peinée. « Quand j'ai repris mes esprits, j'ai tout de suite demandé à mes filles d'aller chercher la Garde. J'ai répondu aussi bien que j'ai pu à toutes leurs questions... Je leur ai dit tout ce que je savais... Et mes filles aussi ont été interrogées.

– Mmh », répondit Louis, réfléchissant dans sa tête. « François était montée avec elle la veille ?

– Oui, vers minuit, environ. Pourquoi, tu veux refaire l'enquête ?

– François est mon ami. Il a le droit à une vraie enquête, » trancha Louis, le regard déterminé. « Et il était saoul ?

– Non, je crois pas. Guilleret tout au plus. Je les ai servis moi-même le dîner et la boisson. Ils ont mangé tous les deux à la table habituelle de François avant de monter en rigolant. Rien ne me laissait présager ce qui allait arriver...

– Le lendemain, vous avez vu François partir ?

– Vers six heures, comme chaque matin lors du Festival.

– Il vous paraissait bizarre ?

– Non, pas le moins du monde. Il m'a salué en partant.

– Et à quelle heure Martine a-t-elle découvert le corps ?

– Martine l'a trouvé quand elle a fait sa chambre, vers sept heures.

– D'accord. Donc rien ne prouve que c'est François qui l'a tué ? On a très bien pu assassiner cette pauvre Catherine entre six heures et sept heures, non ?

– Oui, peut-être. Mais c'est pas ce que pense la police. J'ai entendu une discussion entre eux, juste après mon interrogatoire. Ils disaient que la fille n'avait sans doute pas voulu coucher avec lui, compte tenu de leur différence d'âge... Ils pensent que François l'a forcé à coucher avec lui, et comme elle se défendait, il l'a étouffé pour qu'elle se taise et qu'il puisse faire...ce qu'il avait à faire.

– Mais c'est pas la première fois qu'ils se voyaient !

– Ah bon. Je me rappelais pas l'avoir déjà vu cette petite. Il faut dire qu'il y en a tellement !

– Justement, pourquoi l'aurait-il tué ?

– Je sais pas. Le problème, c'est que je vois pas qui d'autre pourrait avoir voulu la tuer, cette jeune fille.

– Je vais tirer ça au clair, croyez-moi, Madame Dora.

– J'espère que c'est pas lui. Je l'aimais bien, ce vieux François. Et il a toujours été fidèle à mon auberge. Enfin... Bonne chance dans vos recherches !

– Oui, merci. Ça vous dérange pas si je passe jeter un coup d'œil dans la chambre, avant de partir ?

– Non, allez-y. Mais vous trouverez pas grand-chose. La police a tout emporté.

Le jeune homme monta dans la chambre, espérant un signe qui pourrait le mettre sur une piste. Il ne trouva qu'une chambre vide. Les draps avaient été enlevés et le matelas était nu. Aucun objet à l'horizon. Rien.

Déçu, Louis repartit de l'auberge, saluant Martine qu'il croisa dans l'escalier. Son regard triste montrait qu'elle ne s'était pas encore remise de sa macabre découverte.

Le jeune homme, refroidi par cet échec, prit sans plus tarder la direction de la prison principale de la ville, où François avait sans doute été emmené. Comme il s'y attendait, on lui interdit l'accès aux prisonniers. Mais il ne se laissa pas décontenancer par ce premier refus : il sortit de sa bourse une dizaine d'écus que les deux gardes de faction regardèrent avec envie, s'interrogeant silencieusement du regard. Le plus âgé d'entre eux, qui était sergent, finit par prendre la parole :

– « Repasse demain à l'aube, quand notre chef sera absent. Nous te laisserons quelques minutes avec le vieil homme. » Il se tut quelques instants, jaugeant du regard le jeune homme. « Mais pourquoi tiens-tu tellement à lui parler ?

– Je suis...son voisin », mentit Louis. « Il me doit de l'argent et je veux savoir où il le cache avant son trépas.

– Soit. Et bien bonne nuit alors. »

Louis pensa un instant poursuivre son enquête ailleurs mais il voulait d'abord en savoir plus sur la version des gardes. Aussi reprit-il la parole, feignant un intérêt malsain pour ce fait divers. Le sergent lui répondit qu'il n'avait aucun doute concernant la culpabilité de François. Ce vieux pervers avait dû faire boire la jeune fille pour l'inciter à monter dans sa chambre. Celle-ci s'étant alors refusée à lui, le vieil homme avait essayé de la violer. Mais devant sa résistance, il n'avait eu d'autre choix que de l'étrangler avec l'oreiller avant de se soulager honteusement.

– « Avez-vous retrouvé des éléments sur les lieux ? » l'interrogea Louis, se retenant d'exploser.

– « Du sperme de ce porc sur la jeune femme et les draps. Sinon, pas grand-chose. Le mobilier classique d'une chambre d'hôtel. Et on a aussi récupéré les habits de la jeune fille. Des habits de très grande facture d'ailleurs !

– Ils étaient déchirés ?

– Euh... Je sais pas. Je crois pas. Pourquoi ?

Louis ne répondit pas. Il avait envie d'argumenter avec le sergent, de souligner toutes les incohérences de l'enquête, qui semblait bâclée. Si François avait violé Catherine, il aurait sans doute dû déchirer ses habits. Et ils se connaissaient depuis plusieurs semaines et avaient déjà passé de nombreuses nuits ensemble ! Mais Louis ne voulait pas se trahir. Il savait que ces éléments ne suffiraient pas à innocenter son ami, le coupable idéal. Il reprit donc d'une voix qui se voulait curieuse :

– « Qu'est-ce qui vous fait dire qu'il l'a violé ?

– Le drap était tâché comme je vous l'ai dit. C'est donc évident ! Comme elle ne voulait pas coucher avec lui, elle a appelé à l'aide. Et pour accomplir tranquillement sa besogne, il l'a fait taire. Une affaire classique.

– Les autres clients de l'auberge ont-ils entendu quelque chose dans la nuit ?

– Pas ceux qu'on a interrogés en tout cas. Enfin, bref... » coupa soudain le sergent, lassé de cet interrogatoire. « J'espère que vous n'étiez pas trop proche de votre voisin, car il n'a plus longtemps à vivre sur cette terre, croyez-en mon expérience. Son sort sera vite réglé, pour éviter d'encombrer inutilement nos prisons.

– Merci. Je reviendrai donc dès demain pour lui réclamer mon dû. Je ne voudrais pas qu'il meure avant !

– Entendu. Mais venez tôt. »

Le jeune homme repartit d'un pas rapide dans le brouillard Bruxellois, décidé à interroger tous les proches de François pour en savoir plus. La vie de François était en jeu, et s'il devait passer toute la nuit à interroger des passants dans la rue, il le ferait !

Rivalités

Le Comte de Moron était de très mauvaise humeur ce matin-là. Il regardait par la fenêtre de sa riche demeure, la mâchoire serrée, observant la pluie s'abattre sur quelques riches passants de la rue Saint-Honoré, dans l'un des arrondissements les plus huppés de la capitale Française.

- Vous m'avez fait demandé, Monsieur ?» entama le vieux Robert, en pénétrant dans le salon recouvert de peintures de maître.
- « Robert, le vent a tourné. Je serai bientôt ruiné », annonça le Comte en préambule, debout et immobile devant la vitre trempée.
- Et pourquoi cela, mon Comte ? » Demanda le vieux serviteur, au service de la famille depuis des dizaines d'années.
- « Je viens d'apprendre que le chemin de fer sur lequel j'ai tant investi ne serait finalement pas construit. Notre bien aimé Roi de France a préféré privilégier un autre projet. Et je te laisse deviner qui est derrière cet autre projet ? » Interrogea le Comte en se tournant vers son serviteur dévoué.
- « Le Marquis de Saxe », répondit sagement Robert, sans se départir de son flegme habituel.
- « Évidemment, comme toujours. Il a l'oreille du Roi », se plaignit le Comte en commençant à faire les cent pas dans son luxueux salon. Je ne parle même pas de mon projet de racheter une soierie Lyonnaise. Le Marquis m'a doublé, une fois de plus !
- Il vous reste encore de nombreux actifs, mon Comte.
- Pour combien de temps encore ? Tous les projets que je finance tombent soudain à l'eau ! Et les banques

commencent à rechigner lorsqu'il s'agit de me refinancer ! Je hais ce Marquis.
- Mon Comte, si je puis me permettre, il me semble que c'est réciproque...
- Mmh. Tout ça pour cette maudite femme », pesta le Comte en serrant les dents, la tête basse.

Cinq ans auparavant, à un bal organisé par le Roi au Château des Tuileries, le Comte avait invité à danser une jolie Comtesse d'une vingtaine d'années dont il aurait très bien pu être le père. Ils avaient eu une aventure pendant plusieurs semaines, avant que Moron n'y mette fin, lassé par le manque d'esprit de la jeune femme. Cette dernière avait très mal vécu cette séparation, et se sentant humiliée, s'était engagée peu de temps après dans les ordres.
Seulement cette jeune Comtesse n'était pas n'importe qui. Le Marquis de Saxe lui faisait la cour depuis des mois, sans grand succès : il avait très mal pris qu'elle lui tourne le dois pour coucher avec le Comte et qu'elle devienne inaccessible à jamais en devenant nonne. Il s'était juré de se venger de cet affront et jouait depuis cet incident de toute son influence auprès du Roi et des notables Parisiens pour faire échouer tout ce que Moron entreprenait. Une stratégie tristement efficace puisque le Comte avait perdu peu à peu tous les fonds qu'il avait patiemment mis de côté. En voulant se refaire, il n'avait fait que s'enfoncer davantage.

- « Monsieur, si je puis me permettre un conseil », reprit le vieux serviteur d'une voix posée.
- « Faites donc, mon cher Robert. Avant que je ne mette en vente cette bâtisse et que je sois obligé de vous renvoyer...
- Il ne faut plus prendre de risque financier. Placez tout ce qu'il vous reste à la banque.
- Mais les taux y sont ridiculement faibles !

– Oui, mais ils sont garantis. Et le Marquis s'appliquera à faire échouer tous vos autres projets. Il ne pourra rien faire contre une banque.

– Mmmh », songea le noble en serrant les mains dans son dos, toujours immobile devant la fenêtre. « Cela reviendra en quelque sorte à prendre ma retraite, alors que je n'ai que quarante ans. N'est-ce pas triste ?

– C'est le plus raisonnable, Monsieur. »

Le Comte marcha quelques pas, avant de se placer devant une autre grande fenêtre, observant sans rien dire pendant presque deux minutes la pluie qui avait renouvelé de violence. Il finit par se retourner vers Robert, un voile sombre devant les yeux, celui du renoncement :

– « Je crois que je n'ai guère le choix en effet. Pouvez-vous m'apporter un verre de Cognac ?

– Bien sûr, Monsieur », clama Robert en se dirigeant vers un mini bar dans un coin du salon, faisant grincer le parquet en chêne.

– « Si seulement il pouvait attraper une vilaine maladie et mourir ! » reprit le Comte en observant son fidèle serviteur revenir avec un verre de Cognac sur un plateau en verre.

– « Ce serait effectivement l'idéal, mais le fourbe est en pleine forme », conclut le serviteur en lui tendant le verre. « A moins que la situation ne change...

– Qu'entendez-vous par là ?

– On pourrait éventuellement faire en sorte de l'aider à passer l'arme à gauche ?

– Jamais Robert ! » hurla soudain le Comte en tapant du pied sur le sol. « Vous m'entendez ? Jamais je ne m'abaisserai à ce genre de procédés. Les Moron sont connus pour leur honneur et leur droiture morale. Non, je ne ferai rien de tel. Je tiens à préserver l'image de la famille, même si j'en serai probablement le dernier représentant.

- C'est tout à votre honneur, Monsieur.
- Robert, mettez en vente ce tableau », intima-t-il en montrant le tableau de la vierge Marie qui trônait au-dessus de la cheminée. « Si le Marquis espère que je vais venir le supplier, il se trompe grossièrement ! Je vais tout placer en lieu sûr, dans un lieu où il ne pourra pas me nuire ! »

En terminant cette phrase, il s'assit dans un fauteuil à proximité de la cheminée et commença à boire son verre de cognac, par petite gorgées, les yeux dans le vide.

Entrevue

Louis était énervé et n'arrêtait pas de tourner dans tous les sens dans son lit, tentant désespérément de trouver le sommeil. Mais sa blessure à la tête lui faisait terriblement mal. Et il ne pouvait chasser de son esprit des images de François se faisant torturer, ou pire, des scènes d'exécution publiques, sous les applaudissements de la foule...

Son enquête piétinait et le jeune homme s'en voulait de ne pas avoir de vraies pistes. Il s'était renseigné sur Catherine, l'amante de François. Elle avait vingt-deux ans et une vie prometteuse lui tendait les bras : parfaitement éduquée par des parents riches et influents, elle travaillait à l'hôtel de ville où son oncle était bourgmestre. Sa grande beauté lui valait de nombreuses convoitises de la part des plus riches hommes de la ville. Elle n'avait jamais eu d'histoires d'amour « officielles », et son aventure avec François avait été soigneusement dissimulée par la jeune femme à sa famille. D'après le boucher du quartier, qui était un ami de François, le bourgmestre lui-même était intervenu auprès de la Garde Municipale pour que justice soit faite au plus vite concernant l'assassinat de sa nièce. A ses yeux, François ne pouvait être qu'un gros porc pervers qui avait abusé de sa petite Catherine. Toujours selon le boucher, cette version des faits avait aussi comme intérêt de protéger la réputation de la famille de Catherine : il était strictement inconcevable que cette dernière ait abandonné sa virginité volontairement, hors mariage, surtout avec un vieux et vulgaire marchand de fromages.

Aux yeux de Louis, son ami ne pouvait être coupable : mais alors qui ? Un riche prétendant à la main de Catherine, déçu de la voir se détourner de lui pour un vieil homme ? Un voleur attiré par les riches tenues de la jeune femme ? Ou un ennemi de François ? Un rival en affaires ? Une ancienne de ses amantes jalouse ? Cela faisait de nombreuses possibilités mais Louis n'avait pas le moindre élément l'orientant dans un sens plutôt qu'un autre.

Le jeune Belge réussit finalement à s'endormir quelques heures, avant de se réveiller en sursaut, le front en sueur. Il venait de faire un cauchemar où il était arrivé trop tard, ne trouvant que le corps sans vie de François dans la prison...Il s'épongea le front, avant de tâter de la main sa blessure à la tête. Une sourde angoisse lui donnait mal au ventre. Il devait faire vite, faire plus, pour sauver son ami tant qu'il était encore temps ! Louis se raccrochait comme un fou à un seul espoir : la conversation qu'il allait enfin pouvoir avoir avec François, si les gardes tenaient parole.

Après avoir cherché vainement la bonne position pour retrouver le sommeil, il comprit qu'il n'y arriverait pas, malgré l'heure très matinale. Il souleva donc ses couvertures, constatant qu'il faisait froid dans la pièce, puis enfila une robe de chambre en laine. Il partit d'un pas traînant pour se soulager dehors, avant de se diriger vers sa petite cuisine où il se servit un grand bol de lait, un rituel qu'il avait gardé de son enfance. Sans prendre le temps de s'asseoir, il le but d'une traite, avant de décider de se faire griller un œuf au plat. Il avait faim et souhaitait manger quelque chose de chaud pour se redonner des forces. D'un air distrait, il regardait la cuisson, immobile et en baillant. Il eut un moment d'absence, en pensant qu'il pourrait peut-être perdre François, son meilleur ami, à vrai dire son seul véritable ami à Bruxelles.
Il s'aperçut trop tard que son œuf commençait à brûler. Il ouvrit quelques instants la fenêtre pour aérer et laisser partir la fumée. Il tenta de manger une bouchée de l'œuf trop cuit, mais dût se résoudre à le jeter. A la place, il se rabattit sur un morceau de pain un peu rassis qui traînait sur la table, enveloppé dans un torchon. Tout en mâchant, il retourna dans sa chambre pour

s'habiller, choisissant une tenue chaude. Le mois de mars touchait à sa fin mais il faisait encore particulièrement froid. Il ne prit pas la peine de se laver, préférant se consacrer tout de suite à François. Les gardes lui avaient dit qu'il pourrait rendre visite au vieil homme à l'aube, et bien, il serait là à l'aube !

Il était nerveux sur la route jusqu'à la prison, rongeant ses ongles pour chasser l'inquiétude qui l'envahissait. Il était conscient qu'il n'aurait droit qu'à une seule entrevue avec François et qu'il grillait ainsi presque sa dernière cartouche. Il aperçut enfin au loin la silhouette imposante de la prison principale. A la porte, les mêmes gardes que la veille étaient en faction. Ils le reconnurent tout de suite et le sergent tendit sans un mot sa grosse main, la paume ouverte, dans laquelle Louis plaça plusieurs écus. Le soldat les observa attentivement, avant d'entamer d'une voix forte :

– « Ce n'est pas assez, mon garçon. Il va falloir te montrer plus généreux si tu veux une entrevue. »

Louis envisagea un instant de protester ou d'essayer de négocier mais il n'avait pas le temps. Il piocha dans sa bourse quelques écus supplémentaires qui semblèrent satisfaire le sergent puisqu'il lui demanda de le suivre, tandis que son acolyte restait en faction, à l'entrée. Louis souffla de soulagement et lui emboîta le pas dans une suite de couloirs étroits, descendant sous terre. Ils finirent par s'arrêter devant une série de portes en bois massif où un autre garde, un grand blond peu causant, était en faction, assis sur une chaise en bois, une pique dans la main. Sur un ordre du sergent, il se leva, chercha la clé adéquate et marcha jusqu'à une petite porte qu'il ouvrit avec peine, la serrure étant rouillée. Sans plus attendre, Louis rentra dans la cellule, foulant la paille disposée parcimonieusement au sol, qui masquait d'épaisses dalles froides. Une odeur de déjections le saisit à la gorge, tandis qu'il observait François, prostré dans un coin, assis la tête entre les mains.

– « T'as de la visite, l'assassin », annonça le grand blond d'un ton froid.

Le vieil homme redressa la tête et son regard s'éclaira soudain en reconnaissant celui qui représentait son seul espoir de sortie.

Louis s'approcha de lui, tandis que la porte se refermait dans un grincement sonore. Il s'assit à côté du vieux marchand de fromage, posant sa main sur son épaule.

– « Je vais te sortir de là », commença-t-il sans préambule.
– « Je crois pas... »répondit François d'une voix désabusée, en fixant de nouveau ses pieds. « J'ai eu le temps de réfléchir, seul ici, depuis mon arrestation. Je suis le coupable idéal. Une jeune bourgeoise influente est morte : ils ont besoin d'un coupable. Et rapidement. Moi... Surtout quand il s'agit de la nièce du bourgmestre de Bruxelles ! » Il toussa, avant de reprendre d'une voix résignée. « Je suis sûr que ce sera vite plié. Il n'y aura même pas d'enquête.
– Il y aura au moins la mienne.
– Oui, c'est déjà ça », acquiesça François d'une voix terne. Il redressa la tête vers Louis, une vague lueur dans le regard : « Tu as trouvé quelque chose ?
– Pas vraiment, pas encore... J'ai besoin que tu m'aides.
– Comment ?
– Pour commencer, raconte-moi exactement ce qui s'est passé cette nuit-là. Sans rien omettre !
– Ben, j'ai retrouvé Catherine à notre point de rendez-vous habituel, devant l'église Sainte Marie Madeleine...
– Et ?
– J'avais bien vendu au marché donc je l'ai invité au restaurant. Un resto pas loin de la Grand Place. Il s'appelait Le Gourmet.

– Tu as parlé à des gens ? Tu as remarqué des choses anormales ?

– Non, non, tout s'est bien passé. Ensuite, on est rentré à l'auberge du Lapin Farci pour passer la nuit. Tu sais que je n'aime pas faire venir mes conquêtes chez moi...

– Et là, toujours rien de spécial ?

– Non, on est resté boire un coup au comptoir avec Catherine. C'est La Dora qui m'a servi.

– Il n'y avait personne d'autre ?

– Ben, il était tard... » Le vieil homme fronça ses sourcils broussailleux, essayant de se rappeler. « Il y avait deux hommes saouls dans un coin. Des habitués. Et...un couple en voyage dans la capitale. Et aussi La Martine, qui était en train de passer le balai.

– Tout le monde était normal ?

– Oui, je crois. Je faisais pas trop attention. Je me préoccupais plus de ma Catherine. » Ses yeux rougirent soudain au souvenir de sa dernière conquête. « Elle était si belle. Je comprends pas qui a pu lui faire ça...

– Tu m'as dit qu'elle était très riche. Pour son argent ?

– Elle n'avait presque rien sur elle. Son père lui interdisait de se balader avec de l'argent. Et elle était si gentille. Je ne vois pas qui pourrait lui en vouloir.

– Mmh. Et ensuite ?

– Ben, on est monté dans la chambre. Il devait être plus de minuit. On s'est couché, puis on a fait l'amour. Avant de s'endormir.

– Vous avez dormi nus ?

– Euh, oui. Elle aimait bien qu'on soit nus, pour sentir mon corps contre elle... »

Des coups à la porte résonnèrent soudain :

– « Plus qu'une minute, le gamin. Dépêchez-vous.

– Oui, un instant », répondit Louis, énervé. Son cerveau

tournait à toute allure, cherchant désespérément les éléments qui pourraient sortir François de là. Il sentait qu'il loupait quelque chose. Il eut soudain l'idée de tourner le problème dans un autre sens : « quelqu'un pourrait-il vouloir te nuire ? En te faisant porter le chapeau ?

– Tu veux dire qu'ils auraient tué cette pauvre Catherine pour me faire tomber ? Et pourquoi ne pas me tuer directement ?

– J'en sais rien. Peut-être pour te faire souffrir ? » trancha sèchement Louis, ne voulant pas perdre de temps inutilement. « Alors, qui ?

– Honnêtement, je sais pas. » Le vieux marchand se tut quelques instants, fixant le plafond de sa petite cellule. « Un mari d'une de mes conquêtes ? Je ne leur demande pas si elles sont déjà mariées ou promises à quelqu'un... Mais ça va pas trop nous aider vu le nombre de jaloux que j'ai pu créer ! Autant chercher une aiguille dans une botte de foin !

– Et l'inverse ? Une ancienne conquête jalouse ?

La porte s'ouvrit et les gardes demandèrent à Louis de quitter la pièce.

– Qui était au courant de ta relation avec Catherine ? » Reprit le jeune homme en se levant, faisant signe au garde qu'il arrivait. « Personne ?

Les gardes prirent Louis par l'épaule, l'évacuant de la cellule par la force, tandis que François réfléchissait. Ce n'est que lorsque la porte allait se refermer que celui-ci cria soudainement, d'une voix forte :

– « La Marie ! La Marie ! Nous avons... »

Le jeune homme n'entendit pas les derniers mots du fromager. Mais cela n'avait pas d'importance. Il avait compris.

Demande

Clémence se leva pour aller chercher du sucre. Sa mère, Isabelle Vernet, buvait toujours son thé avec deux ou trois sucres. Une vieille habitude. La jeune femme en profita pour bailler en cachette dans la cuisine. Elle venait tout juste de revenir à Paris pour un rendez-vous urgent et le trajet avait été éreintant. Elle prit également un paquet de biscuits bretons qui accompagneraient parfaitement la boisson. Elle les déposa sur la petite table en bois où une théière fumante laissait échapper un parfum de menthe. Sa mère était assise juste à côté, vêtue des derniers habits à la mode Parisienne. Elle devait maintenant avoir quarante-cinq ans mais paraissait beaucoup plus jeune. Il faut dire qu'elle faisait très attention à elle et se tenait toujours bien droite, même assise. Au contact des proches du Roi, elle avait appris les bonnes manières et les appliquait avec grand soin. Plus rien en elle ne laissait penser qu'elle avait résidé dans un quartier populaire pendant la plus grande partie de sa vie et qu'elle avait même été porteuse d'eau dans son enfance...

–   « Père ne se joindra pas à nous ? » demanda Clémence, d'une voix qui laissait apparaître du dépit.
–   « Non, il est pris par des obligations à la cour. Le travail de couturier de luxe n'est pas de tout repos, » répondit sa mère d'une voix douce, tout en servant le thé. « Mais parlons un peu de toi, ma fille. Heureuse d'être enfin de retour à Paris ?
–   Oui. Je suis contente de te revoir, Mère. Et de pouvoir me reposer un peu. Je suis épuisée, » répondit-elle d'une voix lasse, en étouffant un nouveau bâillement.
–   « Je suis aussi bien contente de t'avoir un peu à la maison... On te voit si rarement ! Tu es bien comme ton père : tu travailles trop ! » sourit-elle en se penchant en avant pour lui caresser la main. « Au fait, ton nouveau

poste te plaît ?

– Oui ! C'est une chance merveilleuse d'avoir eu cette place prestigieuse. Je m'en rends compte tous les jours, » reprit la jeune femme avec un enthousiasme retrouvé tout en croquant dans un biscuit. « Tu sais que presque tous les négociants influents que je rencontre lors de mes voyages sont des hommes ? Je vois bien dans leur regard qu'ils sont surpris que je sois la représentante du Roi !

– Et nous devons remercier le Marquis de Saxe pour cela.

– Oui, bien sûr... Je sais ce que je lui dois.

– Tu sais qu'il est toujours seul ? Je crois savoir que tu ne le laisses pas indifférent... » reprit Isabelle avec un léger sourire complice, avant de souffler sur sa tasse de thé fumante.

– « Je... »entama la jeune fille, avant d'être coupée par sa mère.

– « Réfléchis à l'opportunité extraordinaire que cela pourrait représenter ! Être mariée à l'un des hommes les plus influents de la Cour. Et il a l'oreille du Roi ! » s'exclama Isabelle Vernet, les yeux pétillant. « Et cela nous assurerait également une vraie situation.

– Une vraie situation ? Mais mère, nous en avons une ! Je ne crois pas que nous soyons aujourd'hui dans le besoin...

– Non, mais nous vivons pour l'instant à l'écart. Nous côtoyons la grande noblesse Française, mais uniquement pour prendre leurs mesures, leur vendre des habits... » Isabelle se tut quelques instants pour boire une petite gorgée de thé. La grimace qu'elle esquissa montra que l'eau était encore trop chaude. Elle reposa donc sa tasse. « Nous sommes toujours des intrus. Des anciens pauvres. Quand tu n'es pas là, nous ne sommes que rarement invités aux Bals ou aux dîners. Seul ton père est parfois convié à des galas quand ses talents de couturier sont souhaités. Car nous ne sommes pas du même monde...

– Mère, j'en suis désolé, mais je ne souhaite pas me marier pour l'instant... » répondit la jeune femme en baissant les yeux. J'adore ma vie actuelle, mon travail, ma liberté.

– Une réponse bien égoïste ma fille ! Tu oublies que tu ne serais pas arrivée là sans nous, sans les talents de ton père. Je ne te demande pas grand-chose, tout de même ! » Clama sa mère en élevant soudain la voix, reposant son biscuit sur la table. « Le Marquis est un homme charmant et bien élevé, il te rendra heureuse sans aucun doute ! A ta place, je n'aurai pas hésité une seconde !

– Mais tu n'es pas à ma place, » répondit Clémence d'une voix froide, fixant sa mère d'un regard sombre.

– « Je suis ta mère, et si je dis que tu te marieras avec le Marquis...

– Ma fille se mariera avec qui elle voudra se marier !» intervint soudain une voix masculine, ferme et déterminée.

Hubert Vernet, le père de Clémence fit son entrée dans la pièce dans le silence, posant les habits qu'il portait sous le bras sur un portant, avant de se tourner vers sa fille. Le couturier était un homme d'une cinquantaine d'années, à la tenue parfaite. Ses cheveux étaient de plus en plus blancs avec l'âge mais il restait toujours aussi beau pour sa fille, malgré les rides de plus en plus marquées sur son front tourmenté et ses yeux gris qui semblaient toujours mélancoliques.

Un large sourire se forma sur son visage quand son regard croisa celui de Clémence :

– « Viens dans mes bras ma fille ! »

Clémence ne se fit pas prier et serra fort contre elle son père, qu'elle adorait plus que tout au monde. Il avait toujours été là pour elle, quand elle allait bien ou mal, quand elle avait besoin de conseils. Contrairement à sa mère, il cherchait toujours le bonheur de sa fille avant tout le reste.

La jeune femme resta ainsi les yeux fermés dans les bras de son père pendant une bonne vingtaine de secondes, avant de desserrer progressivement son étreinte, presque à regret.

Son père avait l'air fatigué, comme souvent, avec toutes les commandes qu'il devait satisfaire pour la cour. Mais la lumière dans ses yeux trahissait le bonheur intense qu'il ressentait de retrouver enfin sa fille unique.

- « Nous ne t'attendions pas si tôt, » reprit Isabelle d'un ton neutre.
- « Je ne pouvais pas attendre plus longtemps pour retrouver ma fille, » répondit simplement le couturier sans la quitter des yeux. « Et j'ai un cadeau pour elle ! »

Hubert s'absenta quelques instants, avant de revenir avec une robe pliée sous le bras.

- « Je l'ai conçu pour toi, » affirma-t-il dans un murmure tout en dépliant la magnifique tenue sous les yeux de sa fille.

Elle était magnifique, rouge avec quelques touches de noir, les deux couleurs préférées de la jeune femme.

En la prenant, Clémence se rendit compte qu'elle était intégralement en soie. La robe, très douce au toucher, était légèrement décolletée sur l'avant, avec deux bretelles noires très fines, sur le côté.

- « Je l'adore, Père ! » Murmura Clémence en serrant à nouveau le couturier dans ses bras. « Je suis impatiente de la mettre !
- Et moi, je suis impatient de te voir dedans ! » répondit son père en riant, tout en observant sa fille, avant de

reprendre : « A chaque fois que je te vois, ma fille, j'ai l'impression que tu es encore plus belle que la fois d'avant... Mais dis-moi, combien de temps comptes-tu rester à Paris ? Tu dois repartir bientôt ?

– Je ne sais pas encore Père. Deux semaines environ. Je dois être à Genève début mai pour un festival. De nombreux marchands seront sur place.

– Bien ! En attendant, profitons un peu de toi !

– Clémence, » reprit sa Mère, cherchant à reprendre le contrôle de la conversation, « tu ne m'as pas dit comment tu trouvais cette sculpture que je viens d'acquérir ? » Demanda-t-elle en montrant la statue d'un grand bouddha.

– Elle est somptueuse » répondit poliment Clémence en observant la sculpture. « Tu as bien fait de la mettre là, juste à côté de l'escalier.

– Je suis heureuse qu'elle te plaise. J'aimerais aussi acheter un tableau pour habiller un peu le mur du salon. Mais je n'arrive pas à me décider. On pourrait aller ensemble demain à la galerie Bonnet ?

– Bonne idée, je t'y accompagnerai.

– En attendant, » intervint à son tour Hubert, « je vous invite à dîner chez Bouchot ce soir : ses fruits de mer sont les meilleurs de la capitale ! »

Résolution

Louis s'était renseigné en sortant de sa courte entrevue avec François : il lui restait deux jours avant le procès du fromager, qui allait sans nul doute le condamner à mort. Il avait donc décidé de prendre son temps avant de se rendre à l'auberge du Lapin Farci. Histoire de bien penser à ce qu'il allait dire et faire.

Il était immobile, devant la porte rouge marquant l'entrée de l'établissement, perdu dans ses pensées, quand un jeune garçon l'apostropha pour lui proposer un journal. Louis ne prit même pas le temps de lui répondre.

Il pénétra dans l'établissement du Lapin Farci d'un pas lent, presque à reculons devant ce qu'il s'apprêtait à faire. Il jeta un coup d'œil circulaire dans la pièce. Il n'y avait personne, à part un alcoolique accoudé au bar, à quelques mètres de la patronne qui prenait garde à ce qu'il n'oublie pas de payer chacun de ses verres.

- « Bonjour... Madame Dora, » entama-t-il d'une voix faible.

- « Bonjour Louis. Qu'est-ce qui t'arrive ? Tu as l'air d'avoir vu la vierge !

- Pas exactement... Je, je suis un peu fatigué », répondit-il en s'asseyant sur une chaise haute disposée devant le bar. « Je ne peux m'empêcher de repenser à François... Et j'ai oublié de vous demander un détail. Quels clients ont dormi dans votre auberge la nuit où...où Catherine a été tuée ?

- Euh... » réfléchit La Dora à voix haute. « A part François et la jeunette, il y avait deux poivrots. Je doute que vous en tirerez grand-chose. Et je crois que c'est tout. Mais Martine pourra te dire mieux que moi car c'est elle qui s'occupe des chambres. » Elle se tourna vers les cuisines, criant un « Martine » sonore à plusieurs reprises. Sans succès. Elle reprit de sa voix de mégère amicale : « Bon, elle a dû sortir faire une course. Tu pourras leur demander quand elle reviendra.

– Je vais l'attendre. J'ai quelques questions à lui poser sur la chambre, comme c'est elle qui a découvert le corps.

– Comme tu voudras, mon petit Louis. Tu veux que je te serve quelque chose ?

– Euh. Oui, je vais prendre une blanche et une soupe.

– Je t'apporte ça. »

Louis allait avaler la dernière bouchée de sa délicieuse soupe aux champignons quand un bruit de porte retentit soudain. Martine fit son apparition, en jurant contre la pluie qui venait de la tremper de la tête aux pieds. Elle déposa sur le comptoir un lourd carton en soufflant. Elle allait disparaître en cuisine quand Louis la stoppa net :

– Excusez-moi Martine.

– Oui. Vous voulez quelque chose ?

Louis ne connaissait pas bien « La Martine ». Elle était la bonne à tout faire de l'auberge, toujours affairée au ménage, au rangement des chambres, aux courses... Elle n'était pas très accueillante et discutait peu avec les clients, mais était très efficace dans son travail, comme le prouvait l'état impeccable de l'établissement. Elle avait de courts cheveux roux, un visage carré rugueux, couvert de taches de rousseur, et de larges épaules carrées. Sa robe large dissimulait de larges formes, sans doute liées à son amour de la bonne chère. Elle se mettait peu en valeur même si son visage ne manquait pas de charme.

Louis avait bien réfléchi à sa théorie : s'il avait raison, l'assassinat de Catherine devait avoir laissé des traces. Elle n'avait pas dû se laisser faire sans se débattre. Aussi commença-t-il sa tirade par une demande incongrue à La Martine :

– Martine, pourriez-vous me passer votre écharpe. Je sais

qu'il ne fait pas chaud en ce moment mais j'aimerais vérifier quelque chose.

- Non mais je rêve ! » grogna-t-elle. « Et puis quoi encore ? Tu veux que je me mettre toute nue pour tes beaux yeux ? Tu n'es pas du tout mon genre ! » conclut-elle, avant de se tourner vers la Dora. « Maman, je suis fatiguée et je vais aller me coucher. Je n'ai pas le temps de répondre aux caprices pervers des clients.
- Donne lui, Martine » clama la patronne, les yeux froncés, se demandant la raison de la requête de Louis.

Martine s'exécuta à regret, jetant presque l'écharpe à Louis, qui l'attrapa sans rien dire, la passant doucement entre ses doigts, avant de poser son regard sur la jeune rousse. Il eut du mal à retenir son excitation quand il vit qu'il avait raison.

- « Je vois que vous vous êtes profondément griffée dans le cou. Comment cela est-il arrivé ?
- Ça ne vous regarde pas. Maman, dis-lui d'arrêter avec ses questions » supplia-t-elle presque, des larmes montant déjà dans ses yeux.

La mère resta interdite, ne comprenant toujours pas où Louis voulait en venir. Sans attendre son consentement, Louis reprit d'une voix glacée, presque peinée :

- « François m'a dit pour votre histoire. Mais ce n'était pas sérieux pour lui. Pour vous, en revanche, ce n'était pas le cas. Vous lui avez abandonné votre virginité.
- Assez, assez ! » Cria Martine, réveillant brusquement l'ivrogne qui s'était assoupi sur le bar. Sa mère restait immobile, le visage interdit devant la tournure des événements, ne sachant pas si elle devait ordonner immédiatement à Louis de se taire.
- « Vous avez été terriblement triste quand cela s'est terminé. Et quand vous l'avez vu avec cette Catherine, quand vous avez vu dans ses yeux le désir qu'il

ressentait pour elle. Quand vous l'avez vu rire avec elle... Pire, il venait faire l'amour avec elle dans votre auberge, sous votre nez, sans aucun respect pour ce que vous pourriez ressentir...

– Je ne... » bégaya-t-elle en tombant à genoux, les joues recouvertes de larmes.

– « Vous avez attendu que François parte le lendemain matin. Et vous êtes rentré dans sa chambre. Avec votre force, il vous été facile de maîtriser la frêle Catherine et de l'étouffer...Même si elle vous a quand même griffé au cou.

– Je...Je ne voulais pas.

– Vous souhaitiez que François paie. Qu'il souffre comme vous aviez souffert » conclut Louis dans un souffle.

– « Oui, c'est moi ! C'est moi qui l'ai tué ! Beugla-t-elle en explosant d'un coup, postillonnant devant elle, relevant la tête pour adresser un regard haineux à Louis. Vous êtes content ? »

Martine engouffra sa tête dans ses mains, se laissant aller à de longs sanglots, sous les yeux de sa mère, toujours immobile, le regard dans le vide.

Le poivrot au bar profita de l'agitation pour s'esquiver discrètement, sans payer ses derniers verres.

Bal masqué

Clémence expira et serra les dents quand sa mère tira sur les fils de sa robe de soirée, pour affiner au maximum son ventre. Elle leva les yeux vers le grand miroir de sa chambre pour se faire une idée du résultat.

La nouvelle robe de son père lui allait parfaitement. Sa couleur rouge attirait le regard et sa coupe près du corps mettait en valeur ses formes. Sa mère avait également insisté pour qu'elle passe chez l'un des meilleurs coiffeurs de la capitale dans la matinée. Sur les instructions de sa mère, l'artisan avait transformé les longs cheveux châtains de la jeune femme, libres de toute contrainte, en un chignon très travaillé et très strict. Ses cheveux ainsi prisonniers, son cou délicat et sa peau claire se révélaient au grand jour.

La mère de Clémence s'absenta quelques instants, avant de revenir avec une jolie boite en bois entre les mains. Elle l'ouvrit, déclenchant une petite musique et faisant tournoyer une jolie petite danseuse. Elle sembla hésiter quelques instants, avant de saisir entre ses mains très fines un collier en perles blanches.

- Voilà, ce sera parfait ainsi ! » S'exclama-t-elle en attachant le collier autour du cou dégagé de sa fille.
- « Mère, est-ce que tout ceci est vraiment nécessaire ?
- Ce bal masqué chez le Comte Dormoy est une occasion en or. Pour une fois que les Vernet sont invités à une soirée en ville ! Je tiens donc à ce que tu sois la plus belle possible, pour que tu portes haut notre nom ! Je suis tellement excitée.
- J'aurai préféré me reposer un peu » remarqua Clémence en s'asseyant sur une chaise en osier, à côté de sa coiffeuse.
- « Tu te reposeras plus tard ! » Conclut sa mère en accrochant une fleur blanche à sa robe. Elle jeta un

regard vers l'horloge dans la chambre, qui indiquait 18H50. « Tu es magnifique. Nous allons pouvoir y aller. Je vais appeler un cocher. Rejoins-moi devant la rue dans quelques minutes. »

Se retrouvant enfin seule, pour l'une des premières fois de la journée, Clémence put enfin se permettre de souffler de dépit. Elle n'avait aucune envie de se rendre à ce bal. Elle avait accepté de s'y rendre uniquement pour faire plaisir à sa mère, même si elle ne se faisait pas d'illusions. Elle savait parfaitement pourquoi sa mère tenait tant à la rendre jolie pour cette soirée : pour lui trouver un futur mari, le plus riche et le plus noble possible.

Elle se pencha par la fenêtre qui donnait sur la rue, constatant qu'une calèche attendait déjà devant la porte. Elle râla une nouvelle fois tout bas, avant de prendre un masque vénitien blanc posé sur sa coiffeuse et de descendre les escaliers.

Dans le trajet les emmenant à la soirée, Clémence parla très peu à sa mère, se contentant de répondre par oui ou par non à ses questions. Elle aurait tellement préféré passer ses quelques jours de repos dans la capitale à retourner dans son ancien quartier, à l'est de la ville, pour flâner et retrouver ses amis d'enfance. Au lieu de ça, la plus grande partie de ses journées était monopolisée par sa mère et sa quête de reconnaissance.
Son père ne pouvait même pas les accompagner au bal, car il avait dû suivre le Roi, qui était en déplacement à Rouen. Elle se retrouvait seule avec sa mère, et sans doute de multiples prétendants, tous plus vieux ou plus imbus d'eux-mêmes les uns que les autres. Elle s'était néanmoins promis de faire bonne figure : aussi fit-elle un grand sourire en pénétrant dans la grande salle du Bal, dans un somptueux Hôtel particulier à l'ouest de la ville. Elle avait conscience que cette soirée pourrait aussi être fructueuse pour sa future carrière : aussi se promit-

elle de se mettre un maximum d'hommes influents dans sa poche, plutôt que dans son lit.

Sa mère lui signala qu'elle resterait à l'écart dans le salon, avec certaines connaissances à elle, avant de lui demander de nouer des contacts avec de nombreuses personnes.

Le premier homme à l'aborder fut le Compte Dormoy, qui organisait la soirée. Son père venait de mourir, laissant à ce jeune homme de trente-deux ans la responsabilité d'une fortune colossale constituée grâce à de juteux investissements en Afrique. Son regard était dissimulé par un masque noir, qui laissait néanmoins apparaître un large sourire et une peau lisse, fraîchement rasée.

– « Je suis très content de vous compter parmi nous ce soir, Mademoiselle Vernet » entama le Comte en se baissant pour embrasser sa main. Il est rare de disposer de jeunes femmes aussi talentueuses en affaire que belles.

– Je vous remercie chaleureusement, Monsieur le Comte », répondit courtoisement Clémence en souriant. » Je suis très honorée d'avoir reçu votre invitation et également très heureuse d'être là. Cette réception est magnifique.

– Avez-vous goûté le formidable Château-neuf du pape 1823 ? C'est assurément une très bonne année », enchaîna le Comte en l'entraînant loin de sa mère, vers une large table où de nombreux serveurs s'affairaient derrière une armée de bouteilles. « J'aimerais vous le faire déguster.

– Je préfère l'année 1824, où il a davantage plu, ce qui a renforcé son côté fruité. Mais cela est une question de goût » relativisa la jeune femme, se rendant compte qu'elle était peut-être allé trop loin dans sa réponse.

– « Vous êtes vraiment...surprenante » reprit Dormoy en

souriant, tout en indiquant à un serveur de remplir deux verres de vin. « J'ai appris que vous aviez fait de très belles affaires à Bruxelles. Beaucoup plus que votre prédécesseur. Sans doute votre connaissance des vins ? » conclut-il avec un clin d'œil, tout en lui tendant le verre de vin rempli.

– « Entres autres », répondit la jeune femme en trempant ses lèvres dans le Château-neuf du pape, tout en observant l'assemblée. « Je vois que vous avez invité le Comte de Moron. Est-il vrai qu'il a cessé toutes ses affaires ?

– Le Comte est un vieil ami de mon père. Je ne pouvais faire autrement que l'inviter. Mais vos informations sont justes. Moron a décidé d'arrêter d'investir, se contentant de placer le peu d'argent qu'il lui restait. Il faut dire que ses derniers paris n'avaient guère été fructueux. Je suis néanmoins attristé pour lui. C'était autrefois un homme d'affaires redoutable.

– Oui, mais la chance tourne vite en affaire » affirma Clémence, en prenant un petit four aux champignons.

– « Vous êtes jeune, mais vous semblez déjà bien au fait du fonctionnement du monde des affaires. Il faut constamment prévoir dans quel sens le vent va tourner pour placer ses billes au bon endroit. Et s'assurer du soutien des gens influents. » Il s'interrompit tandis que le Marquis de Saxe venait de pénétrer dans la salle, accompagné de plusieurs nobles haut placés. « Veuillez m'excuser, chère Mademoiselle. Mais en parlant de personnes influentes, le devoir m'appelle ».

Clémence se retourna, partant en quête des petits fours au foie gras qu'elle avait vu passés peu de temps auparavant. Elle repéra le serveur les distribuant dans le jardin, et sortit donc, contente de prendre l'air. Elle se saisit de l'un des derniers mets, constatant en croquant dedans que le foie gras était accompagné d'un succulent confit d'oignons.

- Ils sont bons, n'est-ce pas ? » affirma une voix grave dans son dos.

Clémence sursauta, avant de se retourner, cherchant d'où venait la voix. Elle vit le Comte de Moron, assis seul sur un banc, un bout de petit four dans une main et un verre dans l'autre. Elle hésita, avant de décider de partir s'asseoir à côté de lui.

- « Oui, ils sont délicieux », répondit-elle en engouffrant dans sa bouche ce qui restait du foie gras.
- « Cela doit bien faire six mois que je n'avais pas eu la chance de déguster du foie gras de cette qualité. Je dois avouer que c'est bien agréable.
- Votre vie est devenue si terrible que cela ? » questionna la jeune femme avec impertinence.
- « Quand on s'habitue à une vie de Prince, il est difficile de retrouver une vie normale... Vous le découvrirez peut-être vous-même un jour. Au moins, je me mets à apprécier de nouveau les choses simples, comme un bon vin. Avant, c'était devenu banal pour moi. Au fond, je devrais peut-être remercier le Marquis de Saxe pour m'avoir ruiné à petit feu. » Il secoua la tête, prenant une nouvelle gorgée de vin. « Mais je ne veux pas me plaindre. Je déteste les pleurnichards. A vrai dire, je voulais simplement vous prévenir, car je suis peut-être devenu un rebut de la haute société, mais je reste bien informé, et surtout très observateur.
- Que voulez-vous dire ?
- Je me doute que votre mère vous a envoyé ici pour trouver un futur mari avec une bonne situation.
- Je...Non, je suis là pour affaire » chuchota la jeune femme, gênée, du rouge pointant sur ses joues.

- « Ne niez pas. Je ne suis pas né de la dernière pluie et vous n'êtes pas la seule ce soir à chercher la perle rare. » reprit le Comte en se grattant ses cheveux grisonnant, tout en montrant de l'autre main les nombreuses jeunes femmes aux robes affriolantes qui tournaient autour de certains nobles. « Face à cette compétition féroce, ne perdez pas de temps avec des causes perdues », murmura Moron.

- « Que voulez-vous dire ?

- Le Comte Dormoy. Il est beau, jeune et riche. Et il n'est pas idiot, ce qui n'est pas rien. Mais je le connais depuis longtemps. Et... » Le Comte baissa encore la voix, avant de terminer sa phrase : « Il préfère les hommes. En société, il fait mine de séduire des femmes mais il ne passe ses nuits qu'avec des hommes. Et il n'a aucunement dans l'idée de se marier.

- Eh bien, je vais peut-être vous surprendre, mais j'en suis soulagé. Car je joue moi aussi la comédie. A vrai dire, ma mère souhaite que je cède aux avances d'un bon ami à vous, le Marquis de Saxe, et je n'en ai aucunement l'intention. J'évite autant que possible sa compagnie en parlant avec d'autres hommes, comme vous...

- Je vois », sourit le Comte en faisant signe à un serveur de lui apporter un petit four. « J'aime votre franchise. C'est tellement rare dans ce milieu. » Il s'interrompit pour choisir une pâtisserie sur le plateau que venait d'apporter le serveur. Il croqua dedans à pleine dents et finit sa bouchée, avant de reprendre, sur le ton de la confidence : « Sachez toutefois une chose, jeune femme. Quand le Marquis veut quelque chose, il finit presque toujours par l'obtenir. Sur ces dernières paroles, je vous souhaite une bonne soirée. Je n'ai plus l'habitude de boire et ma tête commence à tourner.

- Bonne soirée, Monsieur le Comte » conclut Clémence d'une voix absente, repensant à la dernière phrase de

Moron.

Elle s'apprêtait à aller se reprendre à boire quand elle vit arriver en face d'elle le Marquis de Saxe, un large sourire aux lèvres, les yeux dissimulés derrière un masque noir. « Impossible de l'éviter » pensa-t-elle, en souriant à son tour de toutes ses dents.

– « Mademoiselle Vernet, vous êtes sans aucun doute la plus belle femme de ce bal », entama le Marquis en se baissant et en lui baisant la main. « Je suis très heureux de vous voir à cette belle soirée. Vos derniers voyages vous ont malheureusement trop longtemps éloignée de la capitale.

– Monsieur le Marquis, vous me flattez.

– On m'a dit que vous faisiez un travail remarquable comme ambassadeur de nos produits à l'étranger », remarqua-t-il en prenant une coupe de champagne. « Je savais que j'avais raison de vous recommander pour cette délicate mission.

– Et je vous en serai éternellement reconnaissante » répondit Clémence en s'inclinant.

– Oh, voyons, ce n'est rien. Je n'attends rien en retour » Il s'interrompit, alors que l'orchestre de la réception venait d'entamer une valse. « Mademoiselle, me feriez-vous l'honneur de m'accorder cette danse ? »

– Euh, oui, avec plaisir, reprit Clémence avec un sourire figé, qui masquait mal sa gêne.

Ils s'avancèrent au milieu de la salle et furent parmi les premiers à entamer des pas de danses, rapidement imités par d'autres couples.

Lors de leur danse, la jeune femme eut l'occasion de voir de près le Marquis. Il n'était pas repoussant, loin de là, mais il avait désormais plus de cinquante ans et il dissimulait sa calvitie par de somptueuses perruques blanches. Son ventre rebondi trahissait son amour pour les restaurants de luxe, même s'il avait été autrefois un redoutable officier de l'Armée du Roi. Sa tête arrivait au niveau du nez de Clémence : il devait faire dans les un mètre soixante, alors que la jeune femme dépassait les un mètre soixante-dix.

Clémence se rendit vite compte que le Marquis était un très bon danseur, mais le trouvait un peu trop proche d'elle. Elle n'aimait pas sentir sa main droite qui semblait lui caresser le dos mais elle se mordit les lèvres plusieurs fois pour ne rien dire. Au loin, elle aperçut sa mère qui l'observait attentivement, le sourire aux lèvres. C'est alors que le Marquis de Saxe prit la parole, de sa petite voix mielleuse :

– Mademoiselle Vernet, nous nous connaissons depuis plusieurs années maintenant. Vous savez que vous me plaisez. Et j'ai l'impression que je ne vous déplais pas non plus » dit-il en serrant un peu plus fort sa main gauche. « Je serai donc franc et direct avec vous. Je veux vous épouser. Je veux faire de vous une femme riche, à l'abri du besoin, vous apporter une position de premier plan à la cour. Je veux vous couvrir de cadeaux, vous rendre heureuse. Je veux que vous deveniez ma femme. »

Ce n'était pas une question, c'était une affirmation, presque un ordre, qui laissa la jeune femme interdite.

– Je... »entama Clémence, gênée et surprise, tout en marchant maladroitement sur le pied du Marquis. « Excusez-moi. A vrai dire, je ne me sens pas bien. J'ai besoin de prendre l'air ».

Elle s'enfuit en courant, laissant le Marquis seul au milieu de la piste de danse, sous des dizaines de paires d'yeux surprises.

Famille

Louis sourit en voyant au loin se profiler le clocher de l'église de Torgny, le petit village Wallon où habitaient encore ses parents. Il tapa sur le flanc de son cheval, qui partit au galop en direction de la ferme de ses parents, à l'écart du centre bourg.

Il faisait beau soleil et Louis se sentait bien, heureux de retrouver ses parents pour la traditionnelle réunion familiale marquant le début de l'été. Il mit pied à terre devant l'enceinte qui clôturait le domaine, poussant la grille, qui s'ouvrit en grinçant.

Immédiatement, un chien se jeta sur lui : le vieux Léon, un labrador très affectueux que ses parents avaient recueilli il y a une bonne dizaine d'années. Louis se laissa faire, le prenant dans ses bras et jouant avec lui. Il poussa même la politesse jusqu'à ramasser un vieux bout de bois et à lui balancer au loin. Sans demander son reste, le chien partit en courant pour le récupérer, les yeux pétillant.

Au même moment, la porte de la maison familiale s'ouvrit et Catherine, sa mère adorée, apparut sur le pas de la porte. Elle était vêtue de ses habits du dimanche et arborait un large sourire. Elle ouvrit ses bras, l'incitant à la rejoindre. Louis ne se fit pas prier et courut serrer sa mère contre lui. Il n'avait pas pris le temps de revenir voir ses parents depuis Noël à cause de ses affaires et il s'en voulut soudain. Il respira à fond, ressentant une sorte d'apaisement en revenant dans ces lieux familiers où il avait passé une enfance heureuse et paisible.

- « Ton père est encore dans les champs. Il ne devrait pas tarder. » entama sa mère de son habituelle voix posée.
- « Luc et Jean sont déjà là ? » répondit le jeune homme, ne voyant pas ses deux frères dans les environs.

– « Luc est arrivé hier mais il se repose après son long voyage depuis le sud de la France. Il m'inquiète un peu. Il a beaucoup maigri depuis la dernière fois... Ils ne le nourrissent pas assez au monastère !

– C'est un monastère bénédictin mère. C'est assez strict.

– Oui, je sais. Enfin, je vais essayer de le remplumer un peu pendant son séjour ici. J'ai préparé une blanquette de veau pour ce soir.

– Et Jean ?

– Ton petit frère se fait désirer. Il est parti au village pour nous ramener du pain frais, mais c'était il y a déjà une heure ! Tu le connais : il est ami avec tout le monde là-bas ! » Catherine se tut quelques instants pour remettre en place le col de Louis. « Allez viens, j'ai quelque chose à te montrer » reprit-elle en lui faisant signe de la suivre.

Il lui emboîta le pas, sortant par la porte de derrière. Il comprit rapidement où elle voulait l'emmener : à l'étable. Sa mère poussa la lourde porte de la bâtisse en bois, et lui demanda d'entrer.

Le visage du jeune homme s'illumina en observant la scène devant lui. Un petit veau qui devait avoir quelques heures à peine, faisait ses premiers pas, sous le regard attentif de sa mère, Marguerite, la vache préférée de Louis.

– « Il est né ce matin »dit sa mère en regardant d'un œil attendri le veau. « Il a eu du mal à sortir, on a dû aider un peu la maman ! Avec papa, on a décidé que c'est toi qui aurait l'honneur de lui trouver un nom. »

Louis resta interdit un instant, les yeux dans le vague. Il cherchait un nom mais rien ne venait. En voyant la tâche blanche au milieu du front du petit veau tremblotant, il eut une idée, qu'il proposa à voix haute faute de trouver mieux :

–   « Maman, je te présente Nuage. »

Son petit frère arriva peu après, accompagnée d'une jolie jeune femme d'un village voisin. Louis ne prêtait guère attention aux conquêtes de Jean car elles avaient souvent vite fait de changer d'air quand elles se rendaient compte que la fidélité était une notion toute relative pour son frère. Il fut néanmoins surpris par les attentions – exceptionnelles – que Jean réservait à celle-ci.

Ils s'installèrent peu de temps après à table. Luc émergea de sa chambre, les yeux embrumés, largement cernés. Cela n'empêcha pas Louis de le serrer fort dans ses bras : il avait toujours admiré son grand frère, qui n'avait pas hésité à tout quitter pour suivre sa propre voie. Le souper débuta ainsi par une avalanche de questions sur le pauvre Luc, qui n'était pas revenu depuis un sacré bout de temps au foyer familial. Il y répondit avec courtoisie, en étouffant des bâillements. Sa vie au monastère se passait bien, la récolte avait été bonne et sa congrégation ne manquerait de rien pendant l'hiver. Sa description détaillée des magnifiques terres de Provence où il allait souvent se promener, de l'odeur entêtante des champs de lavande, des vieilles maisons en pierre de villages perchés sur des collines, fit rêver toute l'assistance. Louis se jura de partir visiter la France un jour, quand il aurait suffisamment d'argent de côté.

Ce fut ensuite à son tour de donner de ses nouvelles. Il raconta la dernière fête du Printemps, parla des derniers objets à la mode qu'il comptait vendre pendant l'été, raconta la terrible mésaventure qui avait failli coûter la vie à François et la manière dont il avait réussi à le tirer de ce mauvais pas. A la fin de cette histoire, son père se leva soudain, restant silencieux alors que tous les regards se tournaient vers lui. Il finit par dire d'une voix forte, les yeux plongés dans ceux de son fils « Je suis fier de toi, Louis ». Et il se rassit.

Enfin, le petit dernier, Jean, prit la parole, la main toujours collée à celle de son amoureuse du moment. « Je...J'ai quelque chose... » Il s'interrompit, décidant de boire une nouvelle gorgée de vin avant de reprendre. « J'ai attendu que vous soyez tous là pour vous annoncer une grande nouvelle. Sarah et moi, nous allons nous marier ! »

Louis, comme les autres, crut d'abord qu'il s'agissait d'une blague, avant de prendre conscience de l'air sérieux et déterminé de son petit frère. Il fut le premier à se remettre de sa surprise et à lui transmettre les félicitations de rigueur. Le père partit quant à lui en quête d'une bouteille de champagne gardée au frais pour les grandes occasions tandis que tout le monde criait.

Tandis que le bonheur de son frère irradiait son visage, Louis se sentit soudain seul. Sa femme l'avait abandonné bien trop tôt. Et la belle femme à la robe rouge n'avait été qu'un rêve passager...

Machinations

Pierre Lamoix était toujours impeccable. Il tenait plus que tout à ce que sa tenue soit parfaite à tout moment, sans le moindre pli. Il passait également beaucoup de temps chaque matin à se coiffer, pour que sa mèche blonde soit bien rabattue sur le côté, sans faire prétentieux pour autant. Il avait été engagé par le Marquis comme Intendant personnel il y a deux ans de cela grâce à sa très bonne réputation d'homme de l'ombre, spécialiste des missions « délicates ».

Lamoix était bel homme, avec un visage fin et des yeux bleus perçant. Sa grande taille et son nez acéré plaisaient beaucoup aux riches parisiennes, qui étaient nombreuses à venir dans son lit, dans le plus grand secret. Le quarantenaire gardait toujours la tête haute et un calme olympien, quel que soit la situation, un trait de caractère qui plaisait beaucoup au Marquis.

L'intendant ne savait pas encore pourquoi son maître l'avait convoqué à une heure si matinale dans son jardin. Cela ne lui ressemblait pas : il aimait d'habitude les grasses matinées en bonne compagnie. Le Marquis devait être préoccupé, sans nul doute. Quand Lamoix l'aperçut, assis sur une chaise en bois devant le lac artificiel qu'il avait fait installer en plein cœur de Paris, il sut que ses doutes étaient justifiés. Le noble avait les traits tirés, la mine sombre, et regardait le sol fixement. Il parut soulagé en apercevant son homme de confiance, qui trouvait presque toujours une solution à ses problèmes.

- Vous m'avez fait demandé, maître » entama Lamoix de sa voix froide et lapidaire.
- En effet. » Il le regarda dans les yeux, cherchant ses mots. « Voulez-vous vous asseoir Lamoix ?
- Non merci maître. Je suis très bien comme cela. »

Lamoix détestait être assis, la position du fainéant à ses yeux. Il aimait être toujours en mouvement, sur ses gardes.

– « Bien, je n'insisterai pas. J'ai besoin de vos conseils. Je...Vous n'êtes pas sans savoir que j'ai des vues sur la petite Clémence Vernet ?

– En effet, maître.

– Et vous devez également être au courant de sa réponse à mes avances ?

– Oui » répondit sobrement l'intendant, qui voyait où son maître voulait en venir.

– « Ce n'est pas acceptable, Lamoix ! » reprit le Marquis en haussant la voix et en se levant soudain. Ses yeux exprimaient une colère sourde, froide. « Une jeune femme qui n'a même pas une situation bien établie, qui n'est même pas noble, qui est arrivée à sa place grâce à moi, ne peut pas se dérober à moi ! Elle devrait rêver d'être à mes côtés, d'avoir la chance de me parler, d'être à ma table ! En m'épousant, elle rejoindrait une lignée au sang bleu depuis 1515 ! Une lignée respectée dans toutes les cours d'Europe ! » Il se baissa pour ramasser une pierre qu'il envoya valser au loin dans le lac. « Et bien non ! Mademoiselle Vernet est au-dessus de ça ! Elle refuse obstinément de rejoindre mon lit ! Cette fille est soit idiote, soit folle ! » Il se tut, se tournant à nouveau vers Lamoix : « Vous n'êtes pas d'accord ?

– Maître... »débuta l'intendant, cherchant soigneusement ses mots. « Clémence Vernet est très différente des femmes que vous avez l'habitude de fréquenter. D'après mes informations, elle...sait ce qu'elle veut. Et aujourd'hui, une seule chose compte pour elle : son travail. Elle ne veut pas s'enchaîner à un homme... Elle veut garder sa liberté, selon ses propres termes.

– Je peux faire en sorte qu'elle perde son poste.

– Oui, c'est une solution. Mais elle donne aujourd'hui entière satisfaction jusqu'au Roi lui-même. Elle se doutera de quelque chose si on la remercie sans raison. Elle vous soupçonnera tout de suite et vous en voudra.

– Je peux demander sa main à ses parents ! Elle ne pourra pas aller contre leur volonté.

– Sa mère est d'ores et déjà acquise. Mais vous n'arriverez à rien auprès de son père et vous le savez. Il est attaché plus que tout au bonheur de sa fille. Vous ne pourrez jamais le convaincre de vous accorder la main de sa fille, sans son consentement.

– Alors quoi ? Je menace de tuer ses parents si elle ne m'épouse pas ? Je menace de la frapper ?

– Si je puis me permettre, pourquoi tenez-vous tant à cette jeune femme, Maître ? Comme vous l'avez dit vous-même, vous pouvez avoir presque toutes les femmes que vous voulez !

– Vous ne pouvez pas comprendre, Lamoix » répondit le Marquis d'une voix terne, le regard dans le vide. « Vous ne ressentez rien. Vous êtes une machine. C'est d'ailleurs pourquoi je vous ai engagé. Mais cette femme, cette Clémence... C'est irrationnel. Je la désire, elle et elle seule. Je n'en veux aucune autre, vous comprenez ?

– Euh, oui, maître. Je pense.

– Alors, trouvez une solution.

– J'y réfléchis maître.

L'une des grandes qualités de Lamoix était d'être capable de balayer des dizaines de scénarios dans sa tête en quelques minutes, calculant les conséquences de chaque action, évaluant les risques, pour déterminer la meilleure réponse, ou en tout cas la moins pire. Pendant cette réflexion intense, les traits de son front se plissaient, son regard se durcissait, ses muscles se tendaient. Il ne fallait surtout pas le déranger dans ces moments.

Son silence, épais et gênant, dura presque dix minutes, durant lesquels le Marquis resta immobile, le fixant avec attention. Enfin, l'intendant releva la tête, esquissant un rictus avec ses lèvres.

–   « J'ai trouvé » affirma-t-il dans un murmure.

Retard

Hubert Vernet était éreinté de cette nouvelle journée interminable. Il avait passé presque dix heures d'affilée à coudre dans l'urgence une robe pour une Comtesse étrangère, en visite à Paris. Il n'attendait qu'une seule chose : retrouver sa fille, la belle Clémence, avec qui il devait aller au restaurant ce soir-là.

C'était une tradition : il invitait chaque année sa fille unique dans l'un des plus grands restaurant de la capitale : la célèbre institution « Fouchet », qui servait de merveilleux fruits de mer. Normalement, il emmenait Clémence dîner le jour de son anniversaire mais elle était en déplacement le jour de ses vingt-cinq ans... Le rite avait donc dû être repoussé par la force des choses. En poussant un soupir de soulagement, il tendit la magnifique robe de soirée à un serviteur de la Comtesse, qui le regardait travailler depuis des heures, sans rien dire. C'était un adolescent qui avait l'air un peu attardé, mais dont le visage s'illumina lorsqu'il comprit que la robe était enfin terminée.

Monsieur Vernet mit un peu d'ordre dans ses habits avant de s'aventurer dehors. Il faisait chaud à Paris ce jour-là, tellement chaud que des orages de chaleur venaient d'éclater, recouvrant la capitale de terribles averses. Hubert jura, se protégeant tant bien que mal avec son gilet. Sous cet abri de fortune, il jeta un coup d'œil vers sa montre à gousset. Il étouffa un nouveau juron en constatant qu'il ne serait jamais à l'heure à la maison pour emmener sa fille comme prévu, à vingt heures.

Il ouvrit la grille du riche hôtel particulier situé au cœur de l'île de la Cité, cherchant du regard une calèche, priant en silence pour en trouver une rapidement. Il avait de la chance : une monture attendait justement à quelques mètres. Il s'approcha pour déterminer si elle était libre. Le cocher lui fit signe qu'il pouvait monter et Hubert le remercia chaleureusement. Il ouvrit la porte et commençait à se hisser à bord quand plusieurs bras musclés l'empoignèrent soudain, lui attachant les bras et les pieds à de solides cordes. Hubert ne put pas voir leurs visages, dissimulés derrière des masques de Bal. Mais il se rendit compte rapidement qu'ils étaient deux, et beaucoup trop costauds pour lui. Sans dire un mot, ils lui placèrent immédiatement un mouchoir dans la bouche et un voile noir sur la tête, sans qu'Hubert puisse faire quoique ce soit. La calèche se mit alors en route dans le silence le plus complet. Seuls résonnaient les sabots des chevaux sur le pavé parisien et les éclairs qui déchiraient le ciel au loin.

Hubert Vernet avait du mal à respirer : le mouchoir dans sa bouche et le voile sur son visage l'empêchait de reprendre son souffle. Il sentait la panique l'envahir lentement, tandis que son cœur battait la chamade. Il ne comprenait pas ce qui lui arrivait, ce qu'on lui voulait. Il essaya de grogner pour que ses ravisseurs lui donnent des explications mais il ne reçut que des coups de poing dans les côtes en guise de réponse.

La calèche roula pendant près de trente minutes sans s'arrêter, au cours desquelles Hubert faillit à plusieurs reprises perdre connaissance. Seule la peut l'empêcha de défaillir. Enfin, le bruit des sabots stoppa net. Hubert se rendit compte que quelqu'un venait de monter à bord, et entendit distinctement une voix claire et froide : « Enlevez lui son voile » C'était les premières paroles qu'il entendait depuis son enlèvement sur l'île Saint Louis.
Même s'il faisait sombre dans la calèche, Hubert fuit ébloui par la lumière à laquelle il était soudain de nouveau exposé. Il plissa les yeux, tout en respirant avec soulagement un air plus pur.

Il y avait désormais trois hommes autour de lui : ils portaient tous un masque blanc, reproduisant les traits d'un personnage rieur. L'inconnu qui venait de monter, un grand homme fin, prit la parole d'une voix calme :

– « Monsieur Vernet, je m'excuse pour l'inconfort du trajet, mais nous devions prendre toutes les précautions nécessaires. Il est inutile de vous débattre ou d'essayer de crier. De toute façon, où nous sommes, personne ne vous entendra. Je vais vous demander de respecter exactement toutes les instructions que je vous donnerai et tout se passera bien, d'accord ? »

Hubert inclina la tête. Quelque part, il se sentait rassuré par cet homme qui lui parlait, par sa voix sereine. Il se disait qu'il aurait bientôt l'explication de tout ceci, que ce ne serait bientôt plus qu'un mauvais souvenir, qu'il pourrait bientôt rejoindre sa fille pour l'emmener au Restaurant...

« Je vais vous remettre le voile sur le visage d'accord ? » reprit l'inconnu. « C'est pour votre sécurité... Bien. Maintenant, je vais vous demander de vous lever et de me suivre. Je tiens votre main. Ce sera bientôt terminé ».

Hubert s'exécuta de bonne grâce. Il suivait avec soulagement les instructions qu'on lui donnait, avec la sensation diffuse qu'elles allaient le mettre hors de danger.

« C'est très bien Monsieur Vernet. Marchez avec moi ».

Ils étaient dehors. La pluie frappait avec violence la tête d'Hubert. Il ne voyait rien autour de lui mis à part un noir absolu.

« Bien, vous allez maintenant lever la jambe et monter sur la marche. Maintenant, ne bougez plus ».

Hubert entendait l'eau autour de lui qui ruisselait. Il entendait également un bruit plus sourd à proximité: le bruit d'un fleuve ?

« Je vais vous demander de fermer les yeux, maintenant. Surtout ne les ouvrez pas où je serai obligé de vous punir, d'accord ? »

Le couturier acquiesça et obéit, non sans se demander ce qui allait lui arriver.

« Je vais vous enlever votre voile mais vous devez garder les yeux fermés, d'accord ? Bien. Et maintenant, je vais enlever le mouchoir dans votre bouche... Voilà! »

Le père de Clémence respira à plein poumons, sentant un terrible poids en moins tandis que l'air passait de nouveau par sa bouche. C'est alors qu'il sentit un terrible coup dans son dos et qu'il perdit son équilibre. Il se sentit tomber à la renverse. Vers le vide. Sa gorge se serra.

Il sentit son corps frapper soudainement une surface froide, très froide, dans laquelle il s'enfonça profondément. C'est en tentant d'ouvrir les yeux qu'il comprit où il était. Quelque part dans la Seine. Dans une Seine en furie, renforcée par des trombes d'eau. Une Seine qui allait être son cimetière. Il tenta quelques instants de se débattre, de rejoindre la surface mais il n'avait jamais été très bon nageur. Malgré ses efforts désespérés, il comprit rapidement qu'il ne pourrait pas se sauver. Ses dernières pensées, avant de perdre connaissance, allèrent vers la seule personne qu'il aimait vraiment sur cette terre : sa fille... Le terrible courant emmena son corps inerte au loin.

Une dizaine de mètres au-dessus, trois hommes contemplaient la scène. Un petit homme trapu et musclé prit la parole d'une voix nasillarde :

– Chef, on peut parler maintenant ?
– Oui, vous pouvez parler...
– Pourquoi est-ce qu'on l'a pas tué tout simplement ?
– Puisque vous êtes idiots. » Il souffla, en remontant dans la calèche. « Il ne faut rien laisser au hasard, bande d'amateurs. Comment sa fille aurait-elle pu croire à son suicide autrement ? » conclut-il en disparaissant dans l'attelage.

Foire de Bruges

Louis souriait tout seul en rangeant son étal, sous le regard impassible de Capron, son vieil âne. La première journée de la foire de Bruges avait été particulièrement fructueuse pour les affaires. Les parapluies Parisiens qu'il s'était procurés récemment avaient fait fureur, le mois de septembre étant déjà bien avancé et les averses se multipliant ces derniers jours dans la région. Leur finition précise et soignée, leurs couleurs à la mode avaient plu à la bourgeoisie de la ville, malgré un prix de vente élevé. « J'aurai peut-être pu le fixer encore plus haut » songea le jeune homme en déposant dans sa charrette un carton rempli à ras bord de parapluies.

Une fois n'est pas coutume, il ne pleuvait pas ce soir-là et un beau soleil éclairait encore la Grand-Place de Bruges. Louis eut soudain envie de profiter un peu de son temps libre. Il ramena Capron à une grande étable, le confiant à un palefrenier, et décida de partir se changer les idées dans cette belle ville qu'il connaissait finalement assez peu. Il se promena ainsi au hasard dans les petites rues pavées de la ville, restant immobile devant le spectacle des bateaux sur les canaux, admirant la façade de l'église Notre Dame. Une atmosphère de tranquillité et de bien-être se dégageait de cette ville. Louis se sentait détendu, et décida de se payer un bon restaurant pour fêter cette belle journée.

Il ne connaissait personne dans cette ville qu'il ne fréquentait qu'une fois par an pour la Foire. Aussi pénétra-t-il tout seul dans un restaurant proposant des spécialités de la ville appelé « Le Cheval boiteux ». Le décor de l'établissement lui avait donné envie de rentrer : des tables en bois, quelques tableaux anciens de personnages historiques de la ville, des serveurs habillés avec classe.

Il choisit une table isolée, contre un mur. D'ici, il pouvait observer les autres tables pour s'occuper et procéder à l'un de ses jeux favoris : deviner ce qu'ils se disaient, leur état d'esprit, leur relation...

Au même moment, dans le luxueux bureau du principal négociant de vins de Bruges, Clémence répondait machinalement en hollandais à son interlocuteur, négociant comme à son habitude avec fermeté le prix de vente de ses produits.

Mais elle avait encore la tête ailleurs. A Paris. Où son père l'avait abandonné, il y a quelques semaines. Sans prévenir. Sans raisons. Depuis, tout avait changé. Rien ne serait plus pareil. Sa vie. Sa joie de vivre. Elle se sentait trahie, et terriblement seule. Elle n'avait jamais été très proche de sa mère, qu'elle trouvait opportuniste et trop attirée par ce qui brille. Mais elle adorait son père, l'homme qui avait toujours été là pour elle, qui l'avait toujours soutenu dans les moments difficiles comme les plus heureux. L'homme qui lui avait enseigné des principes forts, qui lui avait donné l'ambition de réussir, d'aller loin, de ne pas faire de sacrifices pour faire plaisir aux autres. L'homme qui lui avait dit de toujours écouter son cœur.

Mais désormais son père n'était plus là. Il avait mis fin à sa vie, laissant sa femme et sa fille criblées de dettes de jeux. « Décidément, je ne le connaissais pas si bien que ça » songea la jeune fille en signant l'acte de vente et en souriant au vieux marchand, le remerciant d'une voix mielleuse.

Elle prit congé, l'esprit toujours ailleurs. Elle ne comprenait pas que son père ait pu succomber ainsi à la fièvre du jeu, sans jamais leur en parler. Tout prenait un sens différent : les nombreuses soirées où il rentrait toujours tard, soit disant pour un travail urgent. En réalité, il leur cachait son vice pour le jeu.

Le soleil s'apprêtait à disparaître, éclairant de ses derniers reflets la rue pavée où la jeune femme marchait d'un pas vif, mais sans réel but. Elle n'arrivait plus à profiter de ses instants de liberté, après une transaction réussie. Dans ces moments où elle se retrouvait seule, elle ne pouvait s'empêcher de penser à son père, et aux choix douloureux qu'il l'avait forcé à faire avec son suicide. Son avenir ne lui appartenait plus désormais.

Elle rentra dans le premier restaurant qu'elle trouva sur son chemin. Une statue d'un cheval trônait fièrement au-dessus de la porte d'entrée. Un serveur ouvrit la porte, l'invitant à entrer.

Clémence balaya la salle du regard, cherchant un endroit calme où s'installer. Chaque table était éclairée d'une simple chandelle. C'était beau. Et c'est là qu'elle le vit. Elle se rappelait parfaitement son visage. Louis, le marchand belge de chinoiseries qui n'était pas venu à leur rendez-vous. L'homme avec qui elle s'était sentie si bien, quelques instants. Avant de se rendre compte qu'il n'était qu'un homme comme les autres, ne tenant même pas sa parole. Elle ressentit soudain le besoin de savoir pourquoi. Pourquoi il n'était pas venu ce soir-là. Elle s'installa donc à sa table, croisant son regard surpris, avant d'entamer d'une voix sûre de son fait :

– Je crois que vous me devez un dîner ?

Sous surveillance

Isabelle était discrète. Dans sa jeunesse, elle n'avait jamais eu vraiment d'amis. A vrai dire, ce n'est pas qu'on ne l'aimait pas. C'était presque pire. Elle était transparente.

Petite, frêle, peu de monde prêtait attention à elle. A sa robe grise et terne. A ses cheveux grisonnant. Dans la rue, un passant la bouscula, semblant découvrir sa présence en la touchant. Il jura et reprit sa marche d'un pas vif. Isabelle ne s'en formalisa pas : elle avait l'habitude. Et surtout, elle avait une mission. Elle plissa les yeux, essayant de discerner au loin, à travers la fenêtre colorée du restaurant, les traits de celui qui dînait avec sa maîtresse, la belle Clémence.

Le Marquis de Saxe ne laissait rien au hasard. Il arrivait toujours à ses fins, d'une manière ou d'une autre. Grâce aux basses manœuvres de son fidèle intendant, Pierre Lamoix, il avait fait en sorte que celle qu'il désirait plus que tout épouser n'ait plus d'autre choix que d'accepter sa main. Un choix certes forcé mais un choix tout de même. Néanmoins, le Marquis était un homme méfiant, et c'est sans doute cette caractéristique qui le rendait si redoutable en affaire. Il avait peur que Clémence change d'avis, qu'elle disparaisse quelque part à l'étranger, qu'elle s'entiche d'un riche marchand. Aussi lui avait-il imposé une nouvelle servante, aux talents particuliers. Clémence ne s'était jamais rendu compte que la discrète Isabelle la suivait partout où elle se rendait. De loin. Sans se faire remarquer. Comme aujourd'hui.

Elle se rapprocha de la fenêtre, rabattant son foulard sur sa tête. La servante esquissa un sourire en voyant que sa maîtresse semblait particulièrement complice avec le beau jeune homme brun en face d'elle. Un homme qui n'était nullement un grand négociant de la ville. Un homme qui n'était pas là pour faire affaire. « Je n'ai pas intérêt à les lâcher », pensa-t-elle dans sa tête. « Monsieur Lamoix saura me récompenser si je lui rapporte des informations...inattendues. »

L'hôtel Anselmus

Le repas avait été succulent. Louis prit sa serviette en soie, s'essuyant la bouche avec le plus de distinction possible. Il leva la tête, regardant discrètement Clémence qui était en train de finir une part généreuse de gâteau au chocolat. Il avait oublié à quel point elle était belle.

Elle portait son habituelle robe rouge, un collier fin en argent et ses longs cheveux châtains étaient attachés par une broche également rouge. Elle avait écouté avec attention les explications du jeune homme justifiant son absence pour leur précédent dîner, avant de conclure de sa voix douce, un brin malicieuse : « en tout cas, Louis, vous n'êtes pas dénué d'imagination ! ».

Pendant tout le repas, le cœur du jeune homme avait battu très fort. Il n'y croyait pas. Il s'en était tellement voulu d'avoir manqué leur dernier dîner et aujourd'hui, le destin, la providence lui avaient servi sur un plateau cette deuxième chance. Il n'entendait pas la laisser passer cette fois-ci.

Clémence l'interrompit dans ses rêveries, en annonçant :

–   « Ce dîner était délicieux, j'ai été bien inspirée de pousser la porte de ce restaurant.

–   Surtout qu'il ne vous coûtera rien », sourit Louis en faisant signe au serveur de lui apporter l'addition.

–   « Je savais que j'aurai dû davantage me lâcher sur le vin », conclut-elle en regardant le jeune homme de son regard rieur.

Louis laissa un pourboire généreux sur la table et se leva, rapidement imité par Clémence. Il sortit le premier, tenant la porte pour son invitée du soir.

–   « Je vous raccompagne », annonça-t-il d'un ton qui

montrait que ce n'était pas une question.

- « Avec plaisir », répondit Clémence en cherchant à se repérer dehors. Il faisait nuit noire et les éclairages publics étaient rares. Heureusement, la lune était quasiment pleine et éclairait la rue d'une lueur blafarde. « C'est par ici ! Je suis descendue à l'hôtel Anselmus.

- Je connais bien », reprit le jeune homme. « Je suis souvent passé devant... » C'était l'hôtel le plus chic de la ville, bien au-dessus des moyens du marchand, dont la plupart des chambres donnaient sur un canal.

- « Vous n'êtes vraiment pas comme les gens que j'ai l'habitude de fréquenter... » reprit la jeune femme en le regardant en coin.

- « Et c'est une bonne chose ? » la questionna-t-il d'un air faussement naïf.

- « Une très bonne chose », répondit-elle, semblant soudain perdue dans ses pensées. Son regard se teinta de mélancolie quelques secondes, puis elle baissa la tête, avant de reprendre : « si vous pouviez être riche une journée, que feriez-vous ? »

- Je dépenserai un maximum ! » Clama Louis. « J'achèterai des habits de gentilhomme hors de prix, un nouvel âne, un local pour ouvrir mon propre magasin et...une flûte de maître.

- Vous jouez ?

- Un peu. Mon père m'a appris quand j'étais petit. Mais j'ai perdu ma flûte un jour et je n'en ai jamais racheté. » Il offrit son bras à Clémence, qui ne se fit pas prier pour y mettre une main ferme. « Et vous, que feriez-vous si vous étiez pauvre ? » questionna Louis d'un air malicieux.

- « Je partirai en voyage loin. En Chine. En Inde. Aux Amériques. Je ferai le tour de la terre, en gagnant de quoi manger avec de petits boulots à droite à gauche.

–   Pourquoi ne le faites-vous pas aujourd'hui ?
–   Je...j'ai des obligations. J'ai ma mère. » Sa voix s'était quelque peu éteinte, montrant qu'elle n'avait pas envie d'aborder le sujet.

Ils continuèrent quelques instants à marcher en silence, se regardant de temps en temps, cherchant un nouveau sujet de discussion. Ils finirent par arriver devant l'hôtel Anselmus, et se figèrent devant la porte. Louis ne voulait pas que la soirée se finisse. Pas déjà. Il avait terriblement envie d'embrasser la femme à la robe rouge. De goûter la saveur de ses lèvres... Mais que faire ? Comment s'y prendre ? Le Belge se sentait soudain terriblement maladroit, comme glacé.

Clémence fut la première à briser le silence :
–   Je...je dois aller voir ma servante pour lui dire que je n'aurai plus besoin d'aide ce soir... Je reviens.

Le jeune homme se retrouva seul dans la rue, dans l'obscurité qui était troublée ce soir-là par un croissant de lune et par quelques lampadaires. Un attelage transportant du courrier manqua de peu de le renverser, lui permettant de retrouver un peu ses esprits. Le destin avait remis Clémence sur sa route : cette fois, il ne la laisserait plus partir.

Quand la jeune femme réapparut à nouveau sur le pas de la porte de l'hôtel, ses longs cheveux châtains détachés, sa robe élégante épousant parfaitement les courbes de son corps, le jeune homme ne réfléchit pas. Il se rapprocha d'elle et l'embrassa, sentant sous ses lèvres la douce chaleur de celle qu'il désirait. Il sentit qu'on lui prenait la main, qu'on l'emmenait quelque part dans l'hôtel. Ils pénétrèrent dans une petite pièce sans fenêtre, qui n'était clairement pas la chambre de la jeune femme. Seule une chandelle éclairait le vestibule, plongée dans la pénombre. Autour d'eux, des habits de cérémonie étaient étendus.

Louis ne se demanda pas ce qu'il faisait là. Il mit ses bras autour de la taille de Clémence et la plaqua contre un mur, sans la quitter des yeux. Puis il l'embrassa à nouveau sur la bouche en fermant les yeux. Tout d'abord doucement. Puis plus fort. Ses lèvres étaient douces. Il serra le dos de la jeune femme contre lui. Avant de laisser sa bouche glisser le long de ses joues, de son cou. L'odeur musquée de sa peau le rendait fou. Il ne contrôlait plus vraiment ses gestes : c'était son instinct qui avait pris le dessus. Il sentit les mains de Clémence se poser sur son dos, puis le caresser doucement.

Ils se déshabillèrent précipitamment, maladroitement. Le contact du corps nu et chaud de Clémence contre le sien fut délicieux.

Ils profitèrent au maximum de cet instant de communion entre leurs corps, jusqu'à ce que les mains douces de la jeune femme se crispent brusquement sur la peau du dos de Louis. Les deux jeunes gens restèrent quelques instants immobiles contre le mur, dans les bras l'un de l'autre, entièrement nus, tentant de reprendre leur respiration. Puis Louis se recula, ouvrant les yeux. Leur regard se croisa. Celui de la jeune femme était calme, apaisée. Son visage était encore rougi et une couche de sueur recouvrait son corps. Elle prit la main du jeune Belge, l'emmenant dans un coin de la petite pièce, derrière une rangée de costumes. Puis elle s'allongea à même le sol, et Louis fit de même, la serrant dans ses bras. Puis il ferma les yeux. A peine quelques minutes plus tard, ils dormaient tous deux profondément.

Préparatifs

- Je ne me suis jamais marié en Hiver, sous la neige »
  entama le Marquis de Saxe, assis dans son fauteuil
  préféré, l'air pensif.
- « Cela pourrait être magnifique », répondit son
  intendant personnel, l'impassible Pierre Lamoix.
  « J'imagine déjà la peinture retraçant la scène. Cela se
  fait rarement et fera du bruit dans la capitale. Je pense
  que ce serait un très bon choix : les nobles apprécieront
  sûrement cette originalité »
- Je pense comme vous, Pierre », reprit le Marquis, en se
  penchant pour se saisir d'un verre de Cognac, qu'il vida
  d'un trait. « J'aime marquer les esprits. Nous pourrions
  faire en sorte de tout organiser pour le mois de
  décembre, en se gardant la possibilité de décaler la date
  en fonction du temps.
- Bien, je vais faire le nécessaire. Comment voyez-vous
  la cérémonie ? Fastueuse comme votre dernier
  mariage ?
- Non. Je veux qu'il soit différent. Je veux m'inspirer de
  ce qui se fait en Italie. Je veux de l'exotisme. Je veux de
  la beauté. Je veux des spécialités étrangères, des invités
  prestigieux. » Il se tut pour se resservir un verre. « Je
  veux des animations spectaculaires. Comme un
  Ours par exemple ! »

Pierre Lamoix avait l'habitude de la façon de penser du
Marquis. Des phrases longues. Un enchevêtrement d'idées qui
partait parfois dans tous les sens et qu'il fallait ensuite traduire
dans la réalité, concrètement. Ce n'était pas facile, d'autant que
les colères du Marquis quand on ne répondait pas à ses
exigences étaient connus dans tout Paris. Mais Lamoix était
grassement payé et était prêt à supporter les inconvénients de sa

position. Il nota donc dans sa tête avec soin toutes les idées du Marquis.

— Dois-je prévenir Mademoiselle Clémence Vernet de la date du mariage ?

— Non, ce n'est pas la peine. Je m'en chargerai moi-même lorsqu'elle sera de retour de Bruges. » Il se leva, regardant Lamoix dans les yeux. « Vous avez bien travaillé, mon cher Intendant. Tout a fonctionné comme nous l'avions prévu. » Il se rapprocha de Lamoix, avant de sortir de sa poche une épaisse bourse qu'il plaça dans la main de l'élégant conseiller. « Vous le méritez ».

Promenade au Parc

Le réveil de Louis fut brutal. Il venait d'entendre du bruit dans la pièce sombre où il avait passé la nuit, toujours complètement nu. Des pas puis une voix d'homme résonnèrent dans le débarras.

Il n'était pas seul dans la pièce, qui devait certainement être une sorte de réserve de l'hôtel. Il se leva en silence, observant derrière les costumes celui qui avait interrompu son sommeil.

C'était un vieil homme seul, portant une tenue d'employé de l'hôtel, qui cherchait un chapeau dans la réserve, sans doute pour une riche cliente. Il parlait tout seul, réfléchissant à voix haute sur l'endroit où le fameux chapeau était rangé. L'employé poussa un soupir de soulagement quand il trouva enfin son bonheur dans l'épaisse pile de chapeaux entassés devant lui. Il s'éloigna, la porte claquant derrière lui.

Louis put enfin se détendre, et décida qu'il était temps de se rhabiller.

Clémence avait dû partir dans la nuit pour rejoindre sa chambre mais Louis ne s'en était même pas rendu compte. Il remit précipitamment ses habits de la veille, espérant que sa présence dans cette pièce privée de l'hôtel ne serait jamais découverte.

En enfilant sa veste bleue, il se demanda où il pourrait retrouver Clémence, toujours aussi mystérieuse. Il n'avait pas son numéro de chambre et elle semblait vouloir garder leur relation secrète, au moins vis à vis de sa servante. Il se préparait à quitter la chambre pour prendre un café au restaurant de l'hôtel quand on toqua à la porte. Louis se cacha en vitesse derrière une rangée de costumes tandis que la porte s'ouvrait doucement.

Son amante de la nuit fit son entrée dans la pièce, un large sourire aux lèvres, cherchant du regard le jeune Belge. Elle était déjà toute habillée, portant, une fois n'est pas coutume, un pantalon noir et un corsage tout simple, blanc. Son visage endormi montrait qu'elle avait passé une nuit plutôt courte. Elle prit la parole, d'une voix un peu enrouée :

– Sortez de votre cachette Louis, j'ai envie de prendre l'air.

– Avec plaisir », sourit Louis en émergeant d'un tas de robes et en prenant Clémence dans ses bras. « Et en quoi puis-je vous aider ?

– Me feriez-vous l'honneur de m'accompagner pour me faire découvrir cette bonne ville de Bruges ? Je suis ici depuis trois jours mais je n'ai encore jamais pris le temps de profiter des canaux, des parcs...

– Je dois y réfléchir », temporisa Louis, un sourire en coin se formant sur son visage. « Vous savez, j'ai beaucoup de contraintes, je dois nourrir mon âne...

– Je vous en conjure », reprit Clémence, rentrant dans le jeu du jeune homme. « En échange, je vous achèterai à bon prix votre plus beau châle.

– Ah, je reconnais bien là votre sens des affaires. Marché conclu !

– Bien ! C'est toujours un plaisir de traiter avec vous », conclut-elle en l'embrassant lentement. « Retrouvez-moi devant la boulangerie au coin de la rue dans dix minutes... Normalement, ma servante me suit partout en journée. Je dois faire quelques...arrangements. A tout de suite. »

Louis resta seul dans la pièce, l'air un peu niais, ne réalisant pas ce qui lui arrivait. Il n'avait connu comme conquêtes jusqu'à présent que deux paysannes et une jeune boulangère, qui était devenue sa femme avant de disparaître beaucoup trop tôt. Il n'avait jamais ne serait-ce qu'approcher une personne du statut de Clémence. Il n'avait jamais connu non plus des mains si douces. Il n'avait jamais discuté avec une personne aussi cultivée. Il se demandait même s'il méritait d'être là. Mais il était sûr d'une chose : il devait profiter au maximum de ces instants de bonheur.

Il ouvrit doucement la porte, vérifiant que le couloir était désert. Puis il sortit rapidement de l'établissement, se plaçant sagement au point de rendez-vous, au coin de la rue.

Clémence le rejoignit un peu plus tard que prévu, un foulard noir sur les cheveux. Le visage fin de la jeune femme, déguisée en simple bourgeoise, s'éclaira d'un large sourire quand elle aperçut Louis. Celui-ci nota qu'elle semblait ne pas vouloir attirer l'attention. Au moins, leur différence de rang social sautait moins aux yeux quand elle était habillée ainsi.

La journée passa comme un coup de vent, commençant par une promenade en bateau sur les canaux de la ville. Louis lui fit ensuite découvrir les plus belles façades du centre, qu'il connaissait presque aussi bien que Bruxelles. Ils se recueillirent quelques instants dans la Cathédrale de Bruges, avant de quitter la foule en se dirigeant vers un endroit plus calme. Ils marchèrent ainsi une vingtaine de minutes d'un pas régulier en direction du plus grand parc de la ville, tout en discutant à bâtons rompus de tout et de rien. Sur le chemin, les rues étroites laissèrent peu à peu la place à des arbres et à la nature. Il n'y avait désormais plus personne à proximité. On entendait juste au loin les chants de quelques oiseaux. Le soleil arrivait par endroits à traverser les feuilles, et ses rayons éclairaient chaque côté du chemin boisé.
Alors qu'ils arrivaient à proximité d'un lac, Clémence, prétextant de devoir remettre ses chausses, se baissa et, profitant de l'inattention du jeune homme, lui lança une pomme de pin dans le dos. Celui-ci se retourna prestement mais Clémence joua l'innocente, en sifflotant et en regardant en l'air. Elle eut tôt fait de recevoir à son tour une pomme de pin dans la

poitrine.

Elle se mit à courir à toute vitesse après Louis, le poursuivant jusqu'au lac. Ce dernier acculé, ne put rien faire pour éviter la jeune femme qui se jetait sur lui, le précipitant dans l'eau froide.

Louis entraîna Clémence dans sa chute, et resta presque allongé dans l'eau, le sourire aux lèvres, la femme châtain dans ses bras. Son foulard noir était tombé dans l'eau, découvrant ses longs cheveux soyeux.

Elle ne ressemblait plus à la femme sérieuse à la robe rouge, au statut social élevé et aux manières distinguées. Elle semblait revivre ce matin-là, avec ses habits simples et sa parole libre.

Ils firent l'amour sur le bord du Lac, avant de s'allonger quelques heures au soleil, espérant que ce serait suffisant pour faire sécher leurs habits trempés. Ce fut la faim qui les poussa finalement à se relever et à abandonner leur sieste. Ils remirent de l'ordre dans leurs vêtements, enlevant tant bien que mal les feuilles et les herbes qui s'étaient collés sur leur tenue.

Louis, en bon guide, emmena Clémence dans une auberge de sa connaissance à proximité, qui servait des moules frites à un prix défiant toute concurrence. Ils conclurent le repas par une spécialité au chocolat de la maison et sortirent de l'auberge le ventre plein.

L'après-midi, ils se remirent en route, errant au sein des étals des marchands. Ils passèrent ainsi devant la réserve où Louis stockait ses marchandises. Il en profita pour aller y chercher un parapluie élégant qu'il offrit à son amante, qui insista sans succès pour lui acheter. Elle finit par capituler, mais à une condition : qu'il accepte lui aussi de recevoir un cadeau. Louis se plia de bonne grâce à l'offre de son amante, tandis que celle-ci sortait une montre à gousset de sa poche.

- « C'est beaucoup trop », protesta le jeune homme.
- « A vrai dire, vous me rendriez service en acceptant ce cadeau.
- Pourquoi ? » questionna le jeune homme, dubitatif.
- « Cette montre me rappelle trop mon père. » conclut la jeune femme d'une voix froide, qui montrait qu'elle n'avait pas envie d'en dire plus.

Ils reprirent leur marche, longeant les canaux, errant dans la ville au hasard, sans réel but. Ils ne souhaitaient tous les deux qu'une seule chose : passer du temps ensemble, profiter de chaque instant, et que cette journée ne se termine jamais. Le soleil commençait à se coucher sur Bruges quand Clémence s'immobilisa et lui prit la main, devant une vieille bâtisse en ruines.

- Louis, je vais devoir vous quitter », entama-t-elle soudain de sa voix douce. Elle le regardait intensément dans les yeux. « J'ai particulièrement apprécié tous les moments que nous avons passé tous les deux mais je dois y aller. Une réunion importante m'attend avec l'une des confréries de la ville.
- Combien de temps comptez-vous rester encore dans la ville ? » la questionna-t-il, craignant la réponse.
- « Je ne sais pas encore, cela dépendra des affaires », mentit la jeune femme. « Je vous souhaite une bonne fin de journée. »
- Je... » bredouilla le jeune homme, surpris par ce départ soudain. « J'espère vous revoir bientôt. Demain ? »

La jeune femme resta ne répondit pas, se contentant de fixer sans rien dire les yeux ardents du marchand. Elle sentit son cœur défaillir et baissa un instant la tête pour reprendre ses esprits. Elle n'avait pas prévu tout ça. Elle n'avait pas prévu que son cœur allait battre la chamade à ce moment précis. Elle voulait juste oublier quelques instants ses responsabilités, la vie déjà toute tracée qui lui était imposée. Elle releva son visage et, les yeux humides, conclut d'une voix à peine audible :

– « Au revoir Louis ».

Elle embrassa une dernière fois le jeune Belge d'un long baiser puis lâcha sa main et se retourna. Elle s'éloigna alors d'un pas vif, ne se retournant qu'un instant pour observer une dernière fois le jeune homme qui lui faisait des signes de la main. Puis elle ajouta tout bas d'une voix pleine d'amertume : « Adieu ». En abandonnant aussi brutalement cette parenthèse enchantée dans sa vie, ses yeux se remplirent de larmes.

Le soir même, elle avait quittée Bruges.

Retour à la réalité

Ce soir-là, Louis eut du mal à fermer l'œil. Il ne pouvait s'empêcher de penser à la femme à la robe rouge, à son visage fin, à ses yeux pétillant, à sa bouche, à son corps. Il repensait à chaque instant, chaque parole qu'ils avaient échangés.
Cela avait été si court, mais si fort...
Il mourait d'envie de revoir cette femme mystérieuse, qui lui avait dit si peu de choses sur sa vie. Même si au fond de lui, il se doutait que leur histoire ne pourrait pas durer dans le temps.

Elle était partie si vite qu'ils n'avaient rien convenu pour se revoir. Louis n'avait même pas pensé à lui demander une adresse, ou sa prochaine destination. Inquiet, il partit dès le lendemain matin à l'hôtel Anselmus, mettant de côté la volonté de discrétion de la jeune femme. Le concierge l'informa que la jeune femme était partie la veille au soir, et ne l'avait pas informé de sa nouvelle destination. En entendant ces mots, le cœur du jeune homme sembla s'arrêter de battre. Ce fut comme un coup de poignard en pleine poitrine pour le jeune homme. Elle était donc partie sans lui laisser aucun message. Sans lui dire adieu. En coup de vent. Ce n'était pas possible. Il mit du temps à se remettre de cette nouvelle.
Il passa la soirée à ruminer seul dans sa chambre, à essayer de comprendre.
Dès le lendemain, il avait pris une décision : il n'allait pas la laisser partir comme ça. Il devait y avoir une bonne raison expliquant ce départ précipité. Et il devait la retrouver pour en savoir plus.

Ce matin-là, il partit donc à la rencontre des grands négociants de la ville sous des prétextes divers. Presque chaque fois, on refusa de le recevoir ou de lui répondre. Ce n'est qu'au bout de la dixième tentative qu'il tomba sur un vieil homme, de la confrérie des Vignerons, qui était en train de rentrer chez lui. Il accepta de l'écouter quelques instants, tout en continuant à marcher. Le nom de Clémence ne lui dit rien dans un premier temps. Mais après avoir écouté sa description en détail, le visage du vieil homme finit par s'éclairer :

- Une femme avec une robe rouge vous dites ?
- Oui, une Française.
- Je vois, sourit-il. Une jolie fille ! Elle est chargée de vendre au meilleur prix les vins Français dans les plus grandes villes d'Europe. Un ami a eu affaire à elle : elle est dure en affaire !
- Savez-vous où je pourrai la trouver ?
- Pas le moins du monde, mon petit. Mais pourquoi voulez-vous la revoir ? Pour affaire ?
- Pour des raisons personnelles », conclut le jeune homme, avant de prendre congé du vieil homme, se rendant compte qu'il n'obtiendrait rien de plus du négociant.

Sur le chemin du retour, il se rend à l'évidence : Clémence avait tout fait pour qu'il ne puisse pas la retrouver. Mais cela ne se passerait pas comme ça.

Paris

Clémence se pencha par la fenêtre de sa calèche et distingua au loin les pointes de la Cathédrale de Paris qui dépassait des innombrables toits parisiens. Elle soupira de soulagement : elle allait enfin pouvoir se reposer un peu. Son périple Européen n'avait pas été de tout repos.

Elle jeta encore une fois un regard sur la lettre de sa mère qui l'informait qu'elle avait emménagé depuis peu dans sa nouvelle demeure, à quelques pas de la Place des Vosges. Sa première visite serait pour elle. Elle se pencha à nouveau par la fenêtre pour donner au cocher l'adresse exacte de sa destination.

En arrivant, elle tomba dans les bras de sa mère, qui lui fit visiter fièrement sa nouvelle résidence, décorée avec goût, grâce à la générosité du Marquis de Saxe. Elles passèrent toutes les deux cette première soirée à Paris, dînant tôt. Puis Clémence prit congé et partit se coucher, retrouvant avec délice un véritable lit, après son long voyage. Elle se laissa rapidement emporter dans le sommeil qui lui tendait les bras. Le réveil le lendemain fut plus délicat. Elle savait qu'elle avait de nombreuses obligations à régler. Des obligations qui ne pouvaient attendre.
Elle s'apprêta donc avec soin ce matin-là, revêtant ses plus beaux habits, laissant sa domestique la maquiller longuement. Elle se regarda une dernière fois dans la glace, puis satisfaite du résultat, elle traversa la rue, pour se rendre chez son bienfaiteur, le riche Marquis de Saxe.

Devant la porte du riche hôtel particulier, elle hésita un instant et faillit se faire renverser par un cocher pressé qui l'insulta au passage. Puis elle ferma les yeux, respira à fond et toqua. Un valet l'accueillit avec un sourire pincé et lui demanda d'attendre quelques instants dans le salon. Il revint quelques minutes plus tard, la tête toujours haute, pour lui annoncer que son maître l'attendait. Il était actuellement dans son bain mais souhaitait la recevoir séance tenante.

Elle suivit donc le valet à travers un dédale de couloirs richement décorés, traversant plusieurs portes avant de déboucher dans une salle embuée, pleine de vapeurs d'eau. Le Marquis était dans son bain, entouré de deux valets qui veillaient à son bien-être. Il sourit quand il vit Clémence arriver, avant d'entamer d'un ton jovial :

- « Vous voilà enfin, ma très chère Clémence ! Vous êtes magnifique comme d'habitude. » Il la parcourut de la tête aux pieds d'un regard amusé. « Et cette robe rouge vous va à ravir. Vos voyages ont duré plus de temps que je ne l'escomptais !

- J'aurais aimé rentrer plus tôt, » mentit-elle. « Mais mes nouvelles obligations m'en ont empêché. J'ai conclu plusieurs contrats avantageux pour la couronne de France et pour vous, Monsieur le Marquis.

- Tss. Je vous ai déjà dit de m'appeler Jean. Cette appellation de Monsieur le Marquis met une distance inutile entre nous. Dois-je vous rappeler que nous serons prochainement mari et femme ? » conclut-il en lui faisant un clin d'œil coquin.

- « Je suis impatiente d'être enfin votre femme » affirma-t-elle d'une voix neutre.

- « J'ai tout de suite senti que vous aviez du talent dans les affaires, Clémence. Je suis content d'avoir eu raison ! Vous êtes une femme brillante, en plus d'être belle. Une femme qui sera bientôt Marquise... Et une femme dont le corps m'a beaucoup manqué ces dernières semaines » regretta-t-il tout en se levant, dévoilant son corps entièrement nu.

Clémence se rappelait parfaitement la première fois où elle avait fait l'amour avec le Marquis de Saxe. Il y a près de deux mois. Son père était mort peu de temps auparavant. Les créanciers venaient tous les jours frapper à la porte de sa mère pour réclamer le paiement des nombreuses dettes de jeux de son mari. C'était Clémence qui leur ouvrait et tentait de répondre à leurs demandes car sa mère ne sortait plus de sa chambre, par honte et par manque de force. Un moment, la jeune fille avait craint que sa mère ne rejoigne son père, préférant la mort plutôt que d'affronter le déshonneur.

Les intraitables créanciers avaient presque tout emporté : tous leurs meubles, leurs tableaux, les plus beaux habits confectionnés par son père, ses robes préférées. Jusqu'au jour où le Marquis était arrivé. Il avait réglé toutes leurs dettes, sans rien demander, si ce n'est la main de Clémence. La jeune femme n'avait pas vraiment hésité devant cette opportunité. Elle avait acceptée immédiatement et s'était abandonnée à lui quelques jours plus tard, un soir d'été, dans la luxueuse chambre du Marquis. Elle se rappelait que la chambre sentait fort la lavande. Et que le Marquis lui avait fait l'amour violemment, comme s'il attendait ce moment depuis trop longtemps.

Clémence n'éprouvait rien pour le Marquis de Saxe, ni amour, ni haine. Juste de l'indifférence. Elle devait avouer que le Marquis n'avait pas manqué à ses engagements, les mettant à l'abri du besoin, achetant une nouvelle maison à sa mère juste à côté de son hôtel particulier dans le cœur de Paris. Clémence lui en était extrêmement reconnaissante.

Le contact des lèvres mouillées du Marquis sur la peau de sa main la ramena à la réalité.

- « Venez donc me rejoindre, ma future marquise ! Je pense qu'un bon bain chaud vous fera du bien après ces longs voyages...
- Oui, avec plaisir. » Elle esquissa un sourire, tout en commençant à se déshabiller.

La jeune femme rentra dans le bain, sentant la mordante chaleur de l'eau contre sa peau. Puis elle s'abandonna une nouvelle fois à l'étreinte de son futur mari, tout en laissant son esprit voguer ailleurs. Vers la Belgique. Vers un homme qu'elle pensait avoir oublié. Qu'elle avait à peine connu. Louis.

Décision

Louis n'avait jamais véritablement fait le deuil de sa première femme, Marie, partie beaucoup trop tôt. Il embrassait tous les soirs le pendentif où leurs prénoms étaient gravés, que Marie ne quittait jamais. Mais depuis un jour pluvieux de la Foire du Printemps de Bruxelles, l'esprit du jeune homme était accaparé par une autre femme. Et elle s'appelait Clémence. Clémence Vernet. La femme à la robe rouge.

Le jeune Belge ne s'expliquait pas les sentiments qu'il ressentait pour cette Française mystérieuse. A chaque fois qu'il pensait à elle, aux trop rares moments passés en sa compagnie, son cœur se serrait. Il avait envie de revivre ce bonheur à nouveau. Pire que cela, il en avait besoin.

Il était rentré à Bruxelles il y a presque une semaine mais il n'arrivait pas à reprendre le cours normal de sa vie. Il n'arrivait pas à laisser partir cette Clémence, qui avait disparu du jour au lendemain.

On était mercredi, le jour de son dîner hebdomadaire avec le vieux François, son meilleur ami. L'esprit ailleurs, il partit comme à son habitude acheter une bonne bouteille de vin, et toqua à la porte du marchand de fromages. Le jeune homme s'installa à table tandis que François faisait cuire avec soin deux belles entrecôtes. Après quelques formules de politesse, leur discussion eut tôt fait d'en revenir à Clémence.

- « Je n'arrive pas à comprendre son départ soudain », regretta le jeune homme après avoir raconté une nouvelle fois en détail son séjour à Bruges.
- « Mon expérience avec les femmes m'a fait comprendre une chose : il y a toujours une explication, même cachée. Parfois, même les concernées n'en ont pas conscience ». Il s'éclaircit la gorge en toussotant, tout en servant les entrecôtes fumantes dans les deux as-

siettes contenant déjà de belles feuilles de laitue. « D'après ton récit, j'ai l'impression qu'elle ressent aussi des sentiments pour toi. Mais que quelque chose l'a empêché d'aller plus loin...

–   J'ai fait quelque chose de mal ?

–   Je ne pense pas », reprit le fromager en apportant les assiettes sur la table, et en s'installant à côté de Louis. « Je pense qu'elle ne t'a pas tout dit. Elle doit avoir des obligations à Paris...

–   Quelles obligations ? » reprit Louis en engouffrant un large morceau d'entrecôte saignante dans sa bouche.

–   « Je ne sais pas... Son travail par exemple. J'ai l'impression qu'il est assez prenant et il n'y a peut-être pas la place pour un homme. Ou...

–   Ou quoi ?

–   Ou tu n'es pas d'un milieu social suffisant pour elle. Et elle sait que votre relation est condamnée d'avance. Peut-être vis à vis de ses parents, de ses amis ?

–   Du coup, tu penses qu'elle a juste passé du bon temps avec moi avant de retourner à sa vie privilégiée ?

–   Je ne dis pas ça. » Il but une gorgée de vin, faisant une moue montrant qu'il l'appréciait. « Elle avait envie de vivre ces moments avec toi, elle l'a fait. Puis elle est revenue dans la réalité, voilà tout...

–   Alors c'est fini ? », s'enquit le jeune homme, les yeux dans le vague.

–   « Tout dépend de toi. Tu peux essayer de l'oublier. Ou espérer que le destin te mettra de nouveau sur sa route. Ou bien...

–   Ou bien quoi ?

–   Ou bien tu prends les choses en main. Tu décides de te battre pour elle, pour lui montrer qu'elle peut être heureuse avec toi... Même si ce ne sera pas simple.

– Mais comment faire ? » questionna le jeune homme, quelques notes d'espoir perçant dans sa voix. « Je ne connais même pas son adresse à Paris...

– Si tu abandonnes dès la première difficulté, tu n'arriveras à rien. J'ai parfois fait des choses insensées pour une jolie femme ! Même s'il m'est arrivé de faire les mauvais choix. » La voix du vieil homme devint plus faible, tandis que son regard s'obscurcissait. L'assassinat de Catherine et ses terribles jours de détention l'avaient profondément marqués. Le fromager était devenu plus renfermé depuis, moins jovial.

– « Que me conseilles-tu ? » Le relança Louis, qui avait peur que la conversation dérape sur un autre sujet.

– « Une fois encore, il n'y pas de bonne décision. Mais si tu veux tout tenter pour être avec elle, tu n'as pas le choix, tu dois partir à Paris ! Je connais des...gens sur place qui pourront te dire où la trouver, en échange d'une petite bourse... »

Louis sourit. Comme d'habitude, François lui avait dit ce qu'il avait envie d'entendre. Il remercia Dieu de l'avoir aidé à lui sauver la vie. Il serait perdu dans la capitale Belge sans le vieil homme.

En rentrant chez lui ce soir-là, Louis avait à peine déposé son manteau sur son lit quand il s'installa à son bureau, pour rédiger une lettre à l'intention de ses parents. Elle finissait par cette phrase : « c'est pourquoi j'ai décidé de partir pour Paris, dès cette semaine. A bientôt. »

Mathieu Montret

L'hôtel particulier du Comte, autrefois si bruyant et si vivant, ressemblait de plus en plus à une maison abandonnée. Il ne restait plus dans la grande demeure que le personnel strictement nécessaire : son fidèle serviteur, ami et conseiller, le vieux Robert. Sa chef cuisinière, la sévère Marianne, qui ne pouvait crier que sur elle-même désormais. Et sa gouvernante en chef, qui essayait tant bien que mal de garder la résidence propre, aidée d'une jeune servante payée au lance-pierre.

Le Comte s'était résolu à faire profil bas pour l'instant, se contentant de vivre sur l'argent qui lui restait, sagement placé à la banque. Mais il n'avait pas abandonné pour autant la perspective d'une future vengeance contre le Marquis de Saxe. Et d'un retournement de situation. Il regrettait amèrement le tremblement de ses bras, qui l'empêchaient de pouvoir déclarer en combat singulier le Marquis : il savait qu'il n'aurait aucune chance d'atteindre sa cible, surtout face à un redoutable tireur comme le Marquis, qui aurait tôt fait de lui exploser le crâne.

Mais la vie lui avait montré par le passé qu'il fallait savoir être patient et que la vérité d'un jour n'était pas toujours celle du lendemain.

Les « survivants » de la maison étaient donc tous en train de dîner dans la salle à manger, dans un relatif silence. Seule Marianne manquait à l'appel, s'affairant en cuisine pour mettre la touche finale au coq au vin qu'elle préparait avec soin depuis plusieurs heures.

C'est Solange Marin, la gouvernante en chef, qui brisa la première le silence, après avoir fini de boire un grand verre d'eau.

    –   « Monsieur le Comte ?

– Oui, Madame Marin ?

– Vous savez que mon frère a eu deux enfants ? » Elle attendit l'assentiment du Comte, avant de reprendre : « Le plus grand s'est engagé dans les ordres. En revanche, le plus jeune a eu des difficultés à trouver sa voie. Il est devenu...un petit malfrat.

– Je vois. J'en suis désolé, Madame Marin » reprit-il d'une voix morne. Il se sentait particulièrement déprimé en ce moment et avait du mal à s'intéresser aux affaires personnelles de ses derniers employés. « Et en quoi cela nous concerne ?

– Vous allez comprendre, Monsieur le Comte. Ce garçon, qui a une vingtaine d'années aujourd'hui, s'est fait une petite réputation dans ce milieu. Et il a récemment été engagé par une bonne connaissance à vous...

– Le Marquis de Saxe ? » questionna le Comte, soudain excité.

– « Exactement ! Je me suis donc dit que cela vous intéresserait de le rencontrer. Ce petit a beau travailler pour le Marquis, il est avant tout fidèle à sa famille, malgré ses défauts.

– Vous avez eu tout à fait raison, Madame Marin. Je suis impatient de le rencontrer » affirma le Comte au moment où Marianne rentrait dans la pièce, un grand plat fumant entre les mains.

– « En fait, je m'attendais à cette réponse » sourit Solange Marin. « Laissez-moi cinq minutes. Je lui ai demandé de nous attendre à l'extérieur, en attendant votre accord. »

La gouvernante s'éclipsa, laissant le silence retomber dans la salle à manger. Le Comte se perdit dans ses pensées, espérant avec ce nouvel informateur trouver enfin des failles dans le système de fonctionnement très perfectionné des magouilles du

Marquis de Saxe.

Le Comte était en train de déguster sans un mot une cuisse d'un délicieux coq au vin quand la gouvernante fit son retour, accompagnée d'un jeune homme grand et costaud, au visage couvert de taches de rousseur.

- « Monsieur le Comte, je vous présente mon neveu : Mathieu Montret.
- Enchanté, jeune homme. Mais je vous en prie, venez donc vous asseoir, » l'invita le Comte en lui montrant une des nombreuses chaises vides à leur grande table. « Qu'on lui prépare un couvert ! »

Quelques minutes plus tard, le jeune malfrat était confortablement assis, avec du coq dans son assiette et du vin de qualité dans son verre. Il en restait heureusement quelques bouteilles au Comte, qu'il ouvrait pour de grandes occasions.

- « Alors, Mathieu » reprit le Comte, « il paraît que vous travaillez pour ce cher Marquis de Saxe ?
- Oui, M'sieur » répondit le garçon d'une voix grave, tout en décortiquant avec les mains une cuisse généreuse, avec un manque de distinction évident. « Je travaille pour lui depuis environ six mois. M'sieur Lamoix m'a demandé au Printemps de rejoindre ses hommes de main. Je pense qu'il avait dû entendre parler de moi, parce que je suis quelqu'un de très costaud » conclut-il en contractant ses muscles, fier de les montrer à l'assistance.
- « Intéressant ! Et pourriez-vous me détailler ce que vous avez fait pour lui au cours de ces six mois ? »

Le garçon ne répondit pas tout de suite, cherchant du regard sa tante, qui lui fit signe de répondre. Il but une gorgée de vin supplémentaire, en laissant de grosses traces de graisse sur le verre, avant de reprendre :

– Au départ, des petites missions guère intéressantes. Suivre des gens. Écouter des conversations. Je pense que M'sieur Lamoix voulait me tester. Ensuite, ma première grosse mission a consisté à torturer un homme, pour avoir des informations.

– Qui ? » s'enquit le Comte, ne pouvant masquer sa curiosité.

– « Un homme qui travaillait sur les chemins de fer je crois. Je ne connaissais pas son nom, mais j'ai réussi à lui faire dire plein de choses sur les chemins de fer. M'sieur Lamoix a dit que j'avais fait du bon boulot. » Il se tut, réfléchissant à ses autres missions. « Et quand elle était sur Paris, il fallait aussi que je suive Mademoiselle Vernet.

– Celle que le Marquis cherche à épouser, » ajouta le vieux Robert.

– « Oui. C'est une bien jolie fille ! Facile à suivre. Et j'ai aussi eu affaire au père de la demoiselle » reprit Mathieu.

– « Ah oui ? » murmura le Comte, impatient, accroché aux lèvres de son invité mystère.

– « C'était une mission un peu spéciale. Directement dirigée par M'sieur Lamoix. C'était il y a quelques mois. On est allé chercher Vernet quand il sortait de son travail, avec une calèche. Il pleuvait beaucoup ce jour-là...

– Et ensuite ?

– On l'a forcé à monter avec nous, tout en lui masquant le visage pour qu'il ne sache pas où on l'emmenait. Comme M'sieur Lamoix nous l'avait demandé, on l'a transporté jusqu'à un pont peu fréquenté, au-dessus de la Seine. » Il s'interrompit, regardant à nouveau sa tante, hésitant à poursuivre.

- « Tu peux tout leur dire, mon petit » affirma Madame Marin, en lui souriant pour l'inciter à poursuivre.
- « Ben, là... On l'a obligé à sauter ».
- Ce n'était donc pas un suicide ! » clama Robert. « Vous savez pourquoi il fallait tuer ce brave homme ?
- Pas la moindre idée. Je me contente d'obéir aux ordres qu'on me donne, sans discuter. Je suis bien payé pour ça, vous savez.
- Je suppose que les dettes de jeux contractés par Vernet sont aussi une invention de Lamoix et du Marquis ? » s'enquit le Comte, les yeux brillants.
- « Je ne sais pas de quoi vous parlez. Comme je vous l'ai dit, je ne m'occupe que du terrain.
- Et la paysanne qui a affirmé avoir vu Monsieur Vernet se suicider dans la Seine ? » interrogea le Comte, le cœur battant.
- On lui a apporté une bourse avec des autres gars. C'est tout ce que je sais sur cette affaire. »

Le Comte continua d'interroger quelques minutes le jeune malfrat sur ses autres missions, avant de le remercier chaleureusement. Pour la première fois depuis longtemps, il avait un coup d'avance sur le Marquis...

Notre Dame

Louis remercia le cocher et lui laissa quelques pièces. Près de dix jours après son départ de Bruxelles, il était enfin arrivé dans la capitale Française. Les autres passagers s'étaient rapidement dispersés dans la foule. Ce n'était pas le cas de Louis, immobile, prenant ses marques dans la capitale Française : il fit un tour sur lui-même pour repérer les lieux, au milieu de cette place grouillant de monde. Devant lui se dressait la Cathédrale Notre Dame, à une centaine de mètres. Le jeune homme resta ébahi quelques instants : il n'avait jamais vu de Cathédrale aussi imposante et majestueuse. Le soleil se reflétait contre les innombrables statues qui surplombaient l'entrée. Les gigantesques tours s'élevaient dans le ciel, et Louis ne pouvait détacher son regard de leur beauté. Il resta figé un moment, les yeux dans le vague, ne prêtant nulle attention au mendiant à proximité qui l'implorait de lui donner quelques Francs.

C'est un marchand ambulant qui, en le bousculant, lui rappela pourquoi il était là. Il partit donc en quête d'un passant pouvant lui indiquer le chemin à suivre vers l'adresse que lui avait communiquée le vieux François : il choisit de s'adresser à une jeune femme bien habillée, apparemment en route pour la messe, lui demandant où se trouvait la Rue des Bouchers. Elle lui répondit poliment qu'il n'était pas du tout au bon endroit : il fallait qu'il retraverse la Seine et qu'il avance vers le Nord, rive droite.

Le jeune homme suivit ces recommandations, non sans un dernier regard vers la Cathédrale Notre Dame. C'était la première fois qu'il venait à Paris et le jeune homme décida de s'octroyer un peu de temps pour faire du tourisme, sur la route. Il n'était plus à quelques heures près… Il s'arrêta ainsi de longues minutes sur le Pont qui le ramenait sur la rive droite. Son regard se porta vers l'horizon, vers l'enchaînement de ponts magnifiques qui enjambaient la Seine. De nombreux bateaux recouvraient le fleuve, chargés de marchandises. A leur bord, les équipages s'agitaient, insultaient les bateaux voisins pour essayer d'arriver à bon port le plus vite possible. Son regard se tourna ensuite vers les quais : ils étaient remplis de monde. Les badauds, riches et pauvres, erraient entre les étals des marchands, cherchant tantôt des fruits, tantôt des vêtements… Quelques secondes, Louis s'imagina lui aussi installer son étal de porcelaines sur les bords de Seine...

Un cri strident d'une femme sur le pont « au voleur, au voleur » lui fit soudain penser à vérifier que sa bourse était toujours là : il souffla de soulagement en sentant qu'elle était bien cachée sous son pantalon. Paris était réputé pour ses voleurs et Louis ne voulait pas perdre bêtement les économies qu'il avait mis de côté depuis des années, ni l'argent que lui avait généreusement donné François pour l'aider dans sa quête. Il avait d'ailleurs mis des habits de voyage peu voyants et d'une matière banale, pour ne pas attirer l'attention. Sur son dos, un sac bien rempli contenait des affaires de rechange et les quelques provisions qui lui restaient encore.

Il reprit sa route d'un pas lent. Il avait été pressé d'arriver durant tout le trajet mais il devenait hésitant, à mesure qu'il se rapprochait du bar où, selon François, il pourrait trouver des informations sur Clémence. La jeune femme pouvait l'avoir complètement oublié. Ou pire, elle pouvait avoir rencontré quelqu'un d'autre. Elle avait sans doute des raisons pour être parti aussi brutalement sans avoir laissé la moindre adresse... Qu'importe, il était trop tard pour reculer. Louis était à Paris. Il devait aller au-devant de son destin.

Sa tête commençait à tourner. Le voyage avait été éreintant, et il avait très peu dormi les nuits précédentes. Il s'arrêta un instant pour boire un peu de la gourde qui ne le quittait jamais. Puis, serrant dans sa poche la magnifique montre que lui avait offerte Clémence, il reprit sa route vers sa lugubre destination : la tristement célèbre taverne des Lilas.

– « Je prendrai le gigot d'agneau sur son lit de haricots »
commença le Marquis de Saxe, les yeux plongés dans
la carte du luxueux Restaurant George V. « Et amenez-
moi également une bouteille de votre meilleur
champagne.

– En ce qui me concerne, mon choix s'est porté sur
l'onglet. Saignant. Merci ! » affirma à son tour
Clémence en souriant au serveur en tenue d'apparat,
droit comme un i, qui l'écoutait avec attention.

Le serveur s'éloigna vers les cuisines, la tête haute, tandis que le
Marquis se tournait vers celle qui serait bientôt sa future
femme :

– « Ah, enfin seul ! Comment trouvez-vous cet endroit,
ma chère Clémence ?

– C'est magnifique Monsieur le...Jean » répondit la jeune
femme en contemplant les dorures sur les murs et les
nombreuses tapisseries de maître. Je n'avais jamais eu
la chance jusqu'à présent de me rendre dans un
établissement d'une telle...qualité.

– Il va pourtant falloir vous y habituer. Car j'ai bien
l'intention de vous y emmener fréquemment, quand
vous serez ma femme » sourit le Marquis en touchant
sa jambe sous la table.

– Je serai heureuse de vous y accompagner, quand je ne
serai pas en déplacement » reprit Clémence.

– « Comment cela ? Vous comptez continuer à travailler
après notre mariage ? » questionna le Marquis,
apparemment surpris.

– « Parfaitement. J'apprécie mon poste, mes
responsabilités. Je n'abandonnerai cette mission

prestigieuse pour rien au monde. » Elle s'éclaircit la voix, avant de reprendre d'un ton catégorique : « Je ne fais pas ce travail pour l'argent mais puisque j'aime ce que je fais. Je ne pourrai jamais être une femme au foyer qui reste au domicile en attendant impatiemment votre retour. Ce n'est pas moi.

– Bien, je respecte votre liberté de choix » reprit le Marquis, les traits plissés, mettant apparemment du temps à encaisser les paroles de la jeune femme. « Je tiens avant tout à votre bonheur et je demanderai donc au Roi de prolonger votre mission à l'étranger. Mais vous n'êtes pas sans savoir que je souhaite ardemment avoir des enfants... »

Clémence Vernet était effectivement au courant des problèmes de descendance du riche Marquis. Sa première femme s'était révélée stérile et avait été répudiée pour cette raison. Sa deuxième épouse lui avait donné un fils, mort très jeune, à seize mois, et une fille, qui avait fait le choix de rejoindre un couvent jusqu'à sa mort. Il se retrouvait donc sans réelle descendance pour reprendre ses affaires et cela l'inquiétait au plus haut point. Ce nouveau mariage, avec une femme jeune et a priori fertile, s'inscrivait également dans cet objectif.

– « Si jamais vous veniez à tomber enceinte », reprit le Marquis de Saxe d'une voix ferme, « je ne prendrai aucun risque. Je vous demanderai de rester alitée durant toute la grossesse. »

– Je comprends » répondit Clémence d'une voix résignée, tandis que le serveur venait de leur servir à chacun une coupe d'un très bon champagne.

– « Bien, venons-en aux choses sérieuses. J'aimerais porter un toast. A notre futur mariage !

– A notre futur mariage ! » clama à son tour Clémence en regardant le Marquis dans les yeux.

– « J'ai une bonne nouvelle ma chère » affirma-t-il en souriant, tout en portant la coupe à sa bouche. « Après mûre réflexion, j'ai fini par arrêter une date pour ce magnifique événement. Ce sera dans un peu plus d'un mois, le premier décembre ! J'attends le bon moment pour officialiser la nouvelle, lors de mon prochain bal !

– Magnifique ! » répondit d'une voix faussement enthousiaste Clémence en esquissant un sourire.

Au fond d'elle, la jeune femme sentait que sa vie lui échappait. Une boule se forma dans sa gorge. Elle se sentait tomber dans un puits sans fond...

La taverne des Lilas

Le soleil était voilé par d'épais nuages gris en ce début de soirée sur la capitale Française. Louis, fatigué par son long voyage depuis Bruxelles, poussa un soupir de soulagement en observant qu'il avait enfin trouvé la rue des Bouchers, où se trouvait sa destination.

C'était une rue étroite et sombre, non pavée. Une odeur forte lui saisit les narines. Le sol était jonché de déchets abandonnés. Dans un coin, des ivrognes chantaient gaiement, des bouteilles à la main.

« Pas étonnant » songea le jeune homme en repensant aux personnes qu'il s'apprêtait à rencontrer.

Il s'engagea dans la rue d'un pas vif, en direction d'une enseigne en fer forgé indiquant « Taverne des Lilas ». Une clameur sourde s'échappait de l'épaisse porte en bois de l'établissement. Le jeune homme toqua à la porte d'une main ferme, sentant son cœur battre soudain plus vite. De l'autre main, il enfonça encore plus profondément sa bourse dans sa poche, guère rassuré. Un homme imposant au crâne rasé entrouvrit la porte, l'inspectant des pieds à la tête, puis lui fit signe d'entrer en maugréant. Louis le remercia et rentra d'un pas mal assuré, avant de se diriger vers le comptoir. Il commanda rapidement une bière, respira une grande bouffée d'air vicié, et se retourna : la taverne était remplie. Un brouhaha assourdissant s'échappait des poitrines de plusieurs dizaines d'hommes, plus ou moins saouls. Dans un coin, cinq hommes jouaient aux cartes. A côté d'eux, deux vieillards étaient à deux doigts d'en venir aux mains. Plus loin, trois hommes habillés d'une
cape noire étaient en train de dîner.

Louis, muni de sa bière, se rapprocha d'eux. Il vit sur leur front une goutte tatouée. C'était le symbole dont François lui avait parlé.

Tout en tentant de dissimuler son tremblement, Louis accosta le groupe, allant droit au but :

- « Bonjour, excusez-moi de vous déranger... Je viens de la part d'un ami qui a déjà eu recours à vos services. J'ai besoin de savoir où retrouver une...personne.
- Vous avez de l'argent ? » répondit le plus grand des trois inconnus d'une voix sèche.
- « J'ai de quoi payer » répondit le jeune homme en montrant la bosse formée par sa bourse à travers son pantalon.
- « Alors installez-vous confortablement. On va pouvoir discuter. »

Louis ne se fit pas davantage prier et s'assit à leur table. Les trois hommes délaissèrent un instant leur ragoût de lièvre, le fixant d'un regard intéressé :

- « Je voudrais savoir où trouver une Parisienne dénommée Clémence Vernet. Je l'ai rencontré à Bruxelles et je l'ai revu à Bruges où elle était en déplacement pour affaire. Je crois qu'elle est chargée de vendre des produits Français à l'étranger, notamment du vin. Elle voyage beaucoup...
- Bien... A quoi ressemble-t-elle ?
- Elle porte souvent une robe rouge, elle doit avoir vingt-cinq ans, elle est très belle, avec de longs cheveux châtains et des yeux marrons. » Louis fit une pause, s'assurant qu'il n'oubliait rien. « Voilà tout ce que je sais. Ce sera suffisant ?
- Suffisant pour nous. Ce sera cent Francs pour avoir ces infos.
- Bien » répondit le jeune homme en sortant de sa bourse la somme souhaitée. C'était une grosse somme mais elle en valait la peine.
- « Revenez dans deux jours en début de journée » conclut le plus grand en mettant l'intégralité de la somme dans sa poche. « Vous aurez vos renseignements. »

Journées Parisiennes

Louis avait choisi une auberge simple et abordable, ne sachant pas combien de temps il devrait rester dans la capitale. Elle portait le doux nom d'Oiseau Perché et se situait dans le Nord de Paris, dans un quartier populaire. Sa chambre était petite mais bien aménagée, avec une petite cheminée, un placard, un grand lit et un point d'eau.

Il dormit mal les premières nuits, car la chambre était très mal insonorisée et il entendait parfaitement les disputes virulentes du couple qui dormait dans la chambre voisine. En se retournant de nombreuses fois dans son lit, le jeune homme laissait voguer son esprit vers celle qu'il connaissait à peine mais qu'il aimait : la femme à la robe rouge…

Heureusement, François ne lui avait pas menti sur l'efficacité de la Guilde de la Pluie. Comme promis, le grand à la cape noire lui communiqua lors de leur second rendez-vous, deux jours plus tard au petit matin, l'adresse de sa mystérieuse amante. « Cent vingt-deux rue Lafayette, dans le neuvième ». Un quartier de marchands, moins chic que ce à quoi s'attendait le jeune homme pour sa belle inconnue.
En notant fiévreusement l'adresse sur un bout de papier, Louis refusa de céder à sa première impulsion, qui était de se rendre immédiatement rue Lafayette. Il voulait en effet pouvoir se présenter sous son meilleur jour, et décida donc sagement de repasser par sa chambre.
A peine arrivé à son hôtel, il se déshabilla à toute vitesse et commença par se laver soigneusement tout le corps avec du savon, en utilisant le lavabo de sa chambre. Une fois propre, il se rasa de près, passant plusieurs fois la lame jusqu'à avoir la peau bien lisse, non sans quelques écorchures. Tout en s'humectant ses petites blessures, il se regarda avec soin dans la

glace, inspectant chaque recoin de son visage. Observant une mèche de cheveux rebelle, il fit couler de l'eau dessus jusqu'à ce qu'elle disparaisse. Propre et sec, il prit dans son placard ses plus beaux habits, une chemise blanche et un pantalon noir en soie, et enfila son long manteau gris. Satisfait de son allure, il prit sa bourse et sortit de l'auberge pour appeler un cocher : ce n'était plus le moment de faire des économies. Il n'attendit pas longtemps pour monter à bord d'une calèche, où il indiqua sa destination d'une voix claire, qui trahissait néanmoins son accent belge : « cent vingt-deux, rue Lafayette. »

Dans sa tête, ses pensées s'entrechoquaient : il se demandait ce qu'il faisait là, trouvant soudain sa démarche ridicule. Mais il ressentait en même temps une grande impatience à l'idée de retrouver enfin Clémence. Lorsqu'il toqua à la grande porte en bois du cent vingt-deux, son cœur battait à tout rompre : il serra fort dans sa poche la montre offerte par la jeune femme, qui ne la quittait plus depuis plusieurs semaines.

Une vieille femme finit par ouvrir, plus d'une minute plus tard, une attente qui parut une éternité au jeune homme.

Louis se racla la gorge et d'une voix qui se voulait assertive, la questionna :

- « Je cherche Clémence Vernet. Puis-je la trouver ici ?
- Il n'y a pas de Vernet à cette adresse. Je suis désolée.
- Mais…mais je ne comprends pas, » bégaya le jeune homme, décontenancé, regrettant déjà l'importante somme versée à la taverne. « On m'a pourtant assuré que je pourrai la trouver ici !
- A vrai dire, les Vernet ont déménagé il y a peu… » reconnut-elle à regret.
- « Pourriez-vous me donner sa nouvelle adresse ? » questionna Louis, de nouveau plein d'espoir.
- « Pourquoi voulez-vous voir la petite ? » reprit la vieille femme, méfiante.
- « Nous avons été en affaire lors de sa venue à Bruxelles il y a quelques semaines et je dois la revoir à propos d'une

125

porcelaine qu'elle désirait à tout prix m'acheter et que je viens de recevoir.

- Hum » reprit la femme en triturant ses longs cheveux blancs, peu convaincue, essayant de jauger la sincérité du jeune Belge.
- Attendez, elle m'a donné ça » clama le jeune homme en sortant la magnifique montre à gousset de sa poche, comme si elle justifiait à elle seule sa demande.
- « La petite y tenait beaucoup avant… » entama la vieille dame, perdue dans ses pensées. Elle toussa pour se clarifier la voix, avant de reprendre : « Elle habite désormais avec sa mère, dans un hôtel particulier mis à disposition par son Excellence le Marquis de Saxe. Elles m'ont laissé la maison familiale, en me demandant d'en prendre soin. Elles ont trop de mauvais souvenirs ici…
- Ah...d'accord, » répondit le jeune homme, surpris. « Mais où se trouve cet hôtel particulier ?
- Il est situé à proximité de celui du Marquis, vers la Place des Vosges, rue des Rosiers. Là-bas, vous n'aurez qu'à demander l'hôtel du Marquis. La maison où logent Clémence et sa mère est juste à côté. Vous la reconnaîtrez aisément : c'est la seule avec une porte bleue.
- Merci infiniment, Madame. Je vous souhaite une bonne journée ! »

Le soleil brillait fort ce jour-là, réchauffant la peau bronzée du jeune homme, qui se remit immédiatement en quête d'une calèche. Il entendit les cloches de la capitale sonner Midi quand son attelage pénétra sur la magnifique place des Vosges, une vingtaine de minutes plus tard. Le jeune Belge fut immédiatement ébloui par la beauté de la place souhaitée par Henri IV : un ensemble homogène de maisons aux lignes harmonieuses encadraient le large espace carré où il se trouvait. De nombreux commerçants stationnaient sur la place, criant le plus fort possible pour attirer les passants. Louis descendit de sa calèche, cherchant du regard un marchand de fleurs, qu'il trouva sans trop de difficultés. Il lui acheta un gigantesque bouquet de tulipes avant de lui demander le chemin de la Rue des rosiers.

Il suivit avec soin ses indications et pénétra dans une rue étroite, moyenâgeuse, qui comptait de nombreuses maisons en pierre apparemment habitées par de riches notables. Il remonta la rue, cherchant attentivement la maison à la porte bleue, qu'il finit par trouver sur sa gauche. Soudain angoissé, il toqua d'une main tremblante à la porte : un domestique vint lui ouvrir, lui demandant ce qu'il souhaitait. Louis lui donna son nom et l'informa qu'il souhaitait rencontrer Clémence Vernet, une vieille amie qu'il avait connu à Bruxelles. Le domestique l'invita à s'asseoir dans un petit salon richement meublé, dont les murs étaient recouverts de papier peint marron. Le cœur du jeune homme battait fort lorsqu'il prit place sur un confortable canapé noir. Mais il eut le temps de reprendre un rythme plus normal au cours des deux longues heures que le jeune homme dut patienter dans le salon. Il hésitait à se lever pour proposer de revenir plus tard quand la porte s'ouvrit enfin. Mais ce n'est pas la personne qu'il espérait qui apparut. C'est en effet un homme et non une femme qui rentra dans la pièce, d'une démarche rigide et hautaine. Il devait avoir une quarantaine d'années, comme le prouvaient ses cheveux grisonnant, et portait un long manteau noir avec des boutons dorés. Il prit la parole d'un ton cérémonieux :

- « Bonjour Monsieur, je me présente : je suis Pierre Lamoix, le nouvel intendant de la famille Vernet, désigné par son Excellence le Marquis de Saxe. On m'a informé de votre requête. Malheureusement, ma nouvelle maîtresse est absente cette semaine. Elle est en voyage à l'étranger. Néanmoins, si vous me laissez l'adresse de l'hôtel où vous résidez, j'enverrai un messager vous informer dès qu'elle sera de retour.

- Bien sûr, je suis...je réside à l'auberge de l'Oiseau Perchée, » répondit le jeune homme, quelque peu honteux de reconnaître qu'il logeait dans une auberge bas de gamme.
- « Très bien, j'en prends bonne note. Je vous raccompagne à la porte. »

Quelques secondes plus tard, Louis quittait le numéro vingt-trois de la rue des Rosiers, frustré de ce nouvel échec. Il lui faudrait être encore patient, songea-t-il en donnant son bouquet à une mendiante qui le regarda avec de grands yeux. Tout en s'éloignant d'un pas lent, l'esprit songeur, il serra fort la montre de Clémence dans sa poche. Il avait bien besoin de ça.

Au même instant, au premier étage du numéro vingt-trois, Clémence lisait un livre, allongée sur son lit, la tête ailleurs. Elle regarda brièvement par la fenêtre, heureuse que le soleil soit de retour.

Surprises...

Louis passa les jours suivants dans l'attente. Ses premiers jours à Paris n'avaient pas été comme il les avait imaginés. Il avait souvent rêvé que lorsqu'il arriverait, il retrouverait tout de suite sa chère Clémence et qu'ils se jetteraient dans les bras l'un de l'autre. Au lieu de cela, il avait découvert qu'elle avait récemment déménagé, dans un hôtel particulier attenant à celui d'un mystérieux Marquis... Il s'était renseigné sur celui-ci auprès de l'aubergiste, qui lui avait répondu qu'il s'agissait d'un homme d'une cinquantaine d'années, très riche et très influent, proche du Roi Charles. Comment Clémence le connaissait-elle ? Pourquoi avait-elle déménagé juste à côté de lui ? Pourquoi le Marquis avait dépêché un de ses intendants auprès des Vernet ?

Beaucoup de questions auxquelles le jeune homme n'avait pas de réponses pour l'instant. Au fil des jours, il doutait de plus en plus d'avoir fait le bon choix en venant à Paris comme ça, sans réfléchir, sans avoir prévenu, sans avoir envoyé la moindre lettre.

C'est finalement trois jours plus tard, aux premières lueurs de l'aube, qu'on vint enfin toquer à la porte de sa chambre. Un jeune garçon qui devait avoir à peine treize ans, essoufflé, apparut sur le seuil. Entre deux respirations saccadées, il lui dit qu'il avait un message de la part de l'intendant des Vernet : Clémence venait de rentrer de voyage mais devait bientôt repartir. Il lui demanda donc s'il était disponible pour venir immédiatement rencontrer Clémence, pendant qu'elle était encore là. Il conclut en précisant qu'elle avait été informée de sa venue et qu'elle l'attendait.

Louis sentit une bouffée de joie l'envahir : il accepta sans hésiter, impatient de la revoir. Il s'habilla précipitamment avec sa plus belle tenue, prit sa bourse et ses affaires personnelles et sortit, suivant le jeune messager.

Celui-ci l'emmena vers un chemin que Louis ne connaissait pas, le présentant comme un raccourci. Ils traversèrent ainsi plusieurs petites rues étroites, pour l'essentiel désertes, étant donné l'heure matinale. Louis ne fit guère attention au chemin : il avait la tête ailleurs, entièrement tournée vers celle qu'il allait enfin retrouver, qu'il connaissait à peine mais qu'il avait besoin de revoir.

Il ne remarqua absolument pas les deux hommes qui le suivaient en silence. Il ne fit pas non plus attention aux trois hommes baraqués qui venaient à sa rencontre de l'autre côté de la ruelle sombre où il venait de pénétrer. Ce n'est que lorsque les cinq hommes l'encadrèrent et s'immobilisèrent autour de lui qu'il prit soudainement conscience du danger.

D'un rapide coup d'œil, il vit qu'il n'y avait pas d'issue. La ruelle semblait désaffectée. Ses agresseurs semblaient avoir préparé soigneusement leur guet-apens, mais pourquoi ?

Un homme légèrement voûté, en face de lui, le visage recouvert d'une cape violette, sortit une pièce d'or de sa poche. Il la mit dans la petite main du messager, qui partit en courant, le sourire aux lèvres, sans demander son reste.

Il ne restait plus que les cinq hommes et Louis, qui n'avait pas bougé. Il s'attendait à ce qu'on le rançonne de son argent, de ses habits. Silencieusement, il se maudit d'avoir pris sa bourse avec lui.

Son visage se figea quand l'homme voûté retira lentement le voile qui lui cachait le visage... Il le reconnut instantanément, avec ses cheveux grisonnant et ses yeux noirs : c'était l'intendant de Clémence. Que faisait-il là ? Son cœur continua de s'accélérer et il sentit un frisson glacé lui parcourir le dos. Il ne comprenait rien à ce qui lui arrivait.

Pierre Lamoix, l'homme de confiance du Marquis de Saxe, fit un signe à l'un des quatre hommes de main qui l'accompagnaient, un jeune garçon très grand, au visage couvert de taches de rousseur : aussitôt, celui-ci s'approcha de Louis, et avant même qu'il n'ait le temps de réagir, lui décocha un coup de poing puissant dans le bas ventre. Le jeune Belge s'écroula, plié en deux par la douleur. Il était sous le choc, complètement perdu.

Un autre homme de main l'obligea à relever la tête, pour regarder dans les yeux Lamoix, qui prit la parole de sa voix élégante :

- « M. Voeckler, pourquoi n'êtes-vous pas resté en Belgique ? N'auriez-vous pu vous contenter des quelques instants que Mademoiselle Vernet a bien voulu vous accorder, à vous, simple marchand de seconde zone ? »

L'intendant tournait autour de Louis, les mains derrière le dos. De temps en temps, il faisait un léger signe de la tête et un homme envoyait un coup de pied dans les côtes du jeune Belge, qui était maintenant allongé sur le sol.

- « Non, il vous en fallait plus ! Vous êtes venus jusqu'ici, alors même que Mademoiselle Vernet ne vous avait laissé aucune adresse. Je ne sais d'ailleurs par quel moyen vous avez réussi à la retrouver... Mademoiselle Vernet vous a-t-elle demandé de la rejoindre ?
- Non, » balbutia Louis, pâle comme la mort.
- « Vous a-t-elle laissé espérer quoique ce soit ?
- Pas...pas vraiment, j'espérais...
- Vous espériez ? Vous auriez dû surtout mieux vous renseigner avant de faire ce voyage. N'avez-vous pas deviné pourquoi Mademoiselle Vernet n'a pas souhaité vous revoir ? Pourquoi elle a l'honneur d'être logé par le Marquis de Saxe ? Pourquoi, alors qu'elle était encore criblée de dettes il y a moins d'un an, elle a une aussi bonne situation aujourd'hui ?
- Non...je n'en ai aucune idée, » balbutia honnêtement Louis, le visage posé sur le sol glacé, les yeux fermés.
- « J'ai l'impression que vous ne réfléchissez guère, jeune homme, » reprit Pierre en se chargeant lui-même de lui donner un coup de pied dans le dos. « Mais nous allons vous mettre un peu de plomb dans la tête... Sachez tout d'abord que celle que vous croyez aimer est promise à un autre homme : ils sont fiancés et se marieront dans moins d'un mois. Sachez également qu'elle lui était déjà promise lorsque vous l'avez revu à Bruges. Elle a simplement voulu se changer les idées une dernière fois avant le mariage : un écart de conduite exceptionnel que nous avons décidé de tolérer tant qu'il ne prêtait pas à conséquence. »

Louis n'écoutait plus vraiment les paroles de l'intendant. Des larmes coulaient sur ses joues, à la fois de douleur et de souffrance. Il avait cru que son cœur s'était arrêté de battre quand il avait entendu que celle qu'il aimait allait se marier à un autre. Comment était-ce possible ? Comment avait-il pu se tromper à ce point ?

Suite à un coup de pied plus violent que les autres, il sentit vaguement que l'un de ses doigts avait dû se casser. Il était roulé en boule sur le sol, prostré. Il ne réagit même pas quand on lui arracha sa bourse, lui volant toutes ses économies. Ce n'est que lorsqu'il sentit une main rentrer dans sa poche et se saisir de la montre que Clémence lui avait offert qu'il regagna un peu ses esprits. Il posa sa main rougi sur sa poche, tentant d'en bloquer l'accès. Il se démena ainsi comme un diable, pendant quelques secondes, pour empêcher ses agresseurs de lui prendre ce dernier rêve qui l'avait accompagné tout au long du trajet. Un homme réussit à s'en saisir mais Louis fit un effort démesuré pour se relever à moitié et lui reprendre des mains. Mais il ne parvint qu'à la faire tomber par terre : elle se brisa violemment, son mécanisme s'éparpillant en de multiples morceaux. L'intendant, en souriant, souligna que si Louis voulait tant cette montre, il pouvait finalement la lui laisser.

Le jeune homme, le visage recouvert de larmes, se remit tant bien que mal en boule pour encaisser les derniers coups qu'on lui administra dans son ventre, ses jambes, sa tête. Du sang jaillissait de sa bouche et de son nez.

C'est le moment que Pierre Lamoix choisit pour reprendre la parole, s'accroupissant juste à côté du visage tuméfié de Louis :
-    « M. Voeckler, nous sommes des gens civilisés en France, nous n'allons pas vous tuer. Sachez simplement que si vous continuez à insister pour revoir Mademoiselle Vernet, ou plutôt devrais-je dire la future Madame la Marquise, nous ne serons pas aussi cléments. Le Marquis a très peu de patience pour ceux qui veulent coucher avec celle qu'il épousera   le premier décembre… Il est même très susceptible à ce propos, j'espère que vous le comprendrez... Ceci étant dit, je vous souhaite une très bonne journée, et un bon retour à Bruxelles. J'espère que votre séjour à Paris vous a plu », conclut-il en donnant un dernier coup de pied violent dans le dos de Louis.

Cette dernière phrase prononcée, l'intendant fit signe à ses quatre acolytes que leur mission était accomplie. Ils prirent congé et le bruit de leurs voix s'éloigna petit à petit. L'intendant resta quelques instants dans la ruelle, observant le corps du jeune homme. Puis, il s'éloigna à son tour dans une autre direction. Il ne restait plus que Louis, prostré au milieu de la ruelle sombre, allongé par terre de tout son long, le corps presque inanimé et le visage recouvert de sang.

Discussion mère - fille

Dans son nouvel hôtel particulier, Clémence Vernet finissait d'ajuster sa coiffure sophistiquée. Elle avait refusé l'aide de ses domestiques, ayant toujours mis un point d'honneur à s'occuper toute seule de son apparence. Les cernes sous ses yeux montraient qu'elle avait mal dormi les nuits précédentes. Elle approcha son visage de la glace, vérifiant qu'aucune imperfection n'avait échappé à son attention. Satisfaite, elle allait se mettre du rouge à lèvres quand une jeune servante toqua à la porte :
- « Madame Isabelle Vernet sollicite une entrevue. Puis-je la faire entrer dans votre salon ?
- Bien évidemment ! C'est ma mère. Dites-lui que j'arrive tout de suite ! » s'énerva Clémence.

Elle en avait marre de tous ces nouveaux domestiques que le Marquis lui avait mis dans les pattes. Par moment, elle regrettait la vie simple qu'elle menait avant, sans domestiques, sans contraintes, sans tout ce protocole. Heureusement, il y avait sa mère. La jeune fille se leva précipitamment et se dirigea vers son nouveau salon personnel. Elle sourit en entrant et en voyant sa mère assise sur le canapé. C'était l'unique lien avec son ancienne vie. C'était surtout pour elle qu'elle avait accepté tous ces sacrifices.

Sa mère lui sourit également, la regardant de son habituel regard triste mais bienveillant. Elles se saluèrent et s'installèrent côte à côte sur le canapé. Clémence s'empressa de congédier sa domestique, souhaitant être seule avec sa mère.

- « Comment vas-tu ma fille, tu as l'air fatiguée ?
- Je dors mal en ce moment... » Elle s'interrompit, pesant ses mots. « Je repense tout le temps au mariage...

- Ce n'est pas ce que tu voulais ?
- Si, bien sûr, mais...
- Tu as aujourd'hui un poste clé dans l'administration Royale, tes talents sont reconnus... Et tu vas bientôt te marier avec le Marquis, l'un des plus proches amis du Roi ! Tu te rends compte de la chance que tu as ? Il y a quelques mois, nous étions presque à la rue et la risée de tout Paris. Aujourd'hui, tout a changé grâce au Marquis. Les gens nous regardent de nouveau avec respect !
- Oui, je mesure la chance qui est la mienne aujourd'hui. Je suis comblée par mon travail. Et le Marquis s'est montré très généreux avec nous. Je n'oublierai jamais tout ce qu'il a fait pour nous, quand nous avions le plus besoin. Néanmoins…
- Qu'y a-t-il ma fille ?
- Je n'arrive pas à me réjouir de ce mariage » reprit Clémence en baissant les yeux. « Je n'apprécie pas sa compagnie. Je pensais que les sentiments viendraient avec le temps… Mais c'est le contraire qui se passe.
- Sois patiente ma fille… Tu sais, je n'ai pas choisi non plus de me marier à ton père. Ce sont nos parents qui se sont mis d'accord sans nous consulter. Mais j'ai appris à l'aimer. Avant qu'il nous...nous abandonne... » termina Isabelle dans un soupir, la voix brisée.
- J'essaierai d'être patiente mère » répondit Clémence d'une voix mal assurée, en regardant sa mère droit dans les yeux, comme pour retrouver du courage dans son regard. « J'apprendrai à l'estimer.
- Ma Clémence... » Elle lui prit les mains qu'elle serra affectueusement. « Fais-moi confiance. Tu fais le bon choix en épousant le Marquis. Au fait, as-tu réfléchi aux différentes propositions de robe que je t'ai soumises ? »

La jeune fille soupira. Elle n'avait même pas regardé les propositions de sa mère, incapable de se projeter vers cet événement qui allait changer sa vie. Elle sentit soudain le besoin pressant de prendre l'air, pour se changer les idées. Prenant une profonde inspiration, elle reprit d'une voix qui se voulait joyeuse :

- « Je préférerai aller en ville pour essayer directement les robes. Me ferais-tu l'honneur de m'accompagner pour me conseiller ? »

Réveil douloureux

Louis fut réveillé par la lingette mouillée qu'on appliquait doucement sur son visage. Il serra les dents, son corps lui rappelant douloureusement son passage à tabac. Il tenta d'ouvrir les yeux, qu'il referma vite, ébloui par la lumière.

L'infirmière qui veillait sur lui, voyant qu'il se réveillait, partit pour aller chercher un docteur.

Louis tourna la tête avec difficulté, grimaçant de douleur. Tout était flou autour de lui. Il voyait d'autres patients, des gens qui allaient et venaient. Il entendait du bruit, trop de bruit, qui résonnait fort dans sa tête. En baissant le regard, il vit qu'il était vêtu d'une blouse blanche de patient. Il ferma à nouveau les yeux, prenant son courage à deux mains pour essayer de bouger ses membres. Sa jambe droite lui faisait atrocement mal. Il avait également du mal à bouger son bras gauche. Il soupira.

Tout était perdu. Il avait fait une grosse erreur en venant jusqu'ici. On venait de lui voler la quasi-totalité de l'argent qu'il avait apporté. Pire, la montre que lui avait offerte Clémence, si chère à ses yeux, était irrémédiablement brisée. Il se sentait soudain stupide. Stupide d'avoir cru que Clémence tomberait dans ses bras quand ils se retrouveraient. Pourquoi avait-il été si naïf ?

Absorbé dans ses pensées, il se rendormit tant bien que mal, ce qui lui permit d'oublier un peu la douleur. Quelques heures plus tard, il se réveilla à nouveau. Un médecin était à son chevet. Il commença par lui poser quelques questions protocolaires pour vérifier son état. Louis, impatient, finit par lui demander brutalement :

- « Docteur, venons-en au fait. Vais-je complètement me remettre un jour ?
- C'est encore un peu tôt pour le dire. Mais vous avez eu beaucoup de chance. Vous n'avez rien de cassé. Je pense

que les personnes qui vous ont fait ça ne voulaient pas vous blesser. Juste vous faire mal... Normalement, d'ici une à deux semaines, vous devriez pouvoir quitter cet hôpital. En revanche, vous garderez quelques cicatrices... »

Louis sentit les larmes lui monter aux yeux, et eut du mal à suivre le reste des observations du docteur. Il ne serait jamais avec Clémence. Pour se réconforter, il tenta de penser à la ferme familiale de Torgny, à ses parents et à ses frères qu'il reverrait sans doute plus tôt qu'il ne l'avait prévu. Mais il les reverrait seul… Sur ces pensées, le jeune Belge s'assoupit à nouveau.

Chaque jour, Louis se réveillait aux aurores. La première sensation qu'il ressentait, c'était la douleur. Puis on venait lui apporter un petit déjeuner infect. Tout était réglé comme du papier à musique : à 11H, une infirmière lui apportait une bassine pour qu'il se lave. Puis, à 12H30, la même femme lui apportait un repas tout aussi infect que le premier. Il devait avaler quelques médicaments.
Les premiers jours à l'hôpital furent comme une longue nuit agitée. Il se réveillait souvent en sursaut au milieu de la nuit, le visage en sueur, les traits tendus. Des images de ses agresseurs revenaient tout le temps le hanter. Il revoyait le visage de Pierre Lamoix, il entendait son rire. Il n'arrivait pas à oublier…
Durant cette convalescence forcée, le jeune homme eut tout le temps de repenser à ce qu'il avait appris lors de cette scène cauchemardesque. Toutes ses illusions s'étaient évanouies d'un seul coup. Il ne croyait plus un seul instant pouvoir repartir de Paris avec Clémence. Mais il ressentait en même temps un incroyable désir de vengeance qui lui rongeait les tripes. Il voulait que ceux qui lui avaient fait ça paient. Une haine farouche contre le Marquis de Saxe l'habitait désormais. Il fallait qu'il trouve un moyen de le faire payer, d'une manière ou d'une autre. Il pensa uniquement à cela quand il dut lutter contre la douleur pour se soumettre aux exercices impossibles

qu'on lui imposait chaque jour. Désormais, même marcher lui semblait une tâche presque insurmontable...

Mais il s'accrocha à une idée, la seule qui le réconfortait : sa future vengeance.

Petit déjeuner

Robert n'était pas un serviteur comme les autres. Le Comte de Moron le considérait presque comme un membre de sa famille. Il aimait par exemple partager son petit déjeuner avec lui, à la même table. Il le considérait comme son égal, malgré sa naissance dans une petite famille d'ouvriers. Il savait en effet pouvoir compter sur son intelligence et sa franchise, qualités rares dans son entourage.

Ce matin-là, il voulait lui parler d'un sujet un petit peu particulier. Il but une grande gorgée de café afin d'entamer :
- « Mon cher Robert, vous vous souvenez de Mathieu Montret, le cousin de mon cuisinier ?
- Bien sûr, maître. Je n'ai nullement oublié ses dernières révélations » répondit le vieux serviteur d'une voix calme.
- « Ses services ont été sollicité à nouveau par Lamoix, pour le compte de notre meilleur ennemi.
- Cela ne m'étonne guère. Et dans quel but, Monsieur ?
- Je sens que j'ai piqué votre curiosité » reprit le Comte en mordant dans un biscuit sec en souriant. « Ils ont tabassé un jeune Belge. Très violemment. Volontairement, ils ne l'ont pas tué. Les instructions étaient claires à ce sujet. Leur objectif était de lui faire peur pour le faire déguerpir.
- Je vois.
- Mais ce n'est pas tout ». Le Comte regarda Robert dans les yeux, ménageant son effet. « Savez-vous pourquoi ce marchand Bruxellois se trouvait à Paris ?
- Non monsieur, je l'ignore » répondit sagement Robert, impatient que son maître en vienne au fait.
- « Eh bien, je vais vous le dire. Pour retrouver son amante. Une certaine...Clémence Vernet !
- La fiancée du Marquis ! » clama Robert, les yeux écarquillés.

- « Vous comprendrez donc que ce jeune homme a toutes les raisons d'en vouloir au Marquis. D'autant plus quand il connaîtra le sort qu'il a réservé au père de celle qu'il aime…

- En effet ! Le temps est sans doute venu de partager ce secret. Je ne doute pas que le jeune Belge pourrait constituer un allié...intéressant.

- Exactement. » Le Comte prit une nouvelle gorgée de café, avant de reprendre d'une voix déterminée. « Vous savez comme moi que je n'ai aucune chance en combat singulier contre le Marquis. Mes mains sont de plus en plus tremblantes et j'aurai autant de chance de le toucher que de voir un jour une poule avec des dents ! En revanche, Montret m'a affirmé que ce jeune est bien portant. Il a peut-être une infime chance, une fois qu'il sera sur pied…

- Que nous devons tenter.

- Tout à fait, mon cher Robert. Et pour cela, il va falloir être malin ! Il faut absolument qu'il ait l'impression que l'idée vient de lui. D'après mes informations, le petit loge à l'Oiseau Perché, une auberge dans le nord de Paris. Vous le retrouverez là-bas quand il sortira de son hôpital. Et n'oubliez pas : s'il a l'impression que nous nous servons de lui pour accomplir notre propre vengeance, il risque de partir en courant. Ou d'essayer de se venger tout seul…

- Ce qui le condamnerait à mort », conclut Robert d'une voix froide.

Retour à la normale

C'était un dimanche pluvieux et brumeux, qui ne donnait guère envie de mettre le nez dehors. Mais un jeune homme dans la capitale Française esquissait un léger sourire, allongé dans son lit étroit, au premier étage du gigantesque hôpital de l'hôtel Dieu.

Ce matin-là, Louis s'était réveillé avec une impression bizarre, diffuse, après quinze jours d'hospitalisation. Il avait mis du temps à comprendre de quoi il s'agissait. Et ça lui était soudain apparu comme une évidence : il ne souffrait presque plus ! Il pouvait bouger sans ressentir de douleurs aux côtes et même lever la jambe sans serrer les dents. Il appela une infirmière, lui demandant quand il pourrait sortir. On lui répondit sèchement qu'il avait encore besoin de repos et que son traitement endormait faussement la douleur. Mais il n'avait plus le temps. Le mariage devait avoir lieu le 1er décembre, et il se rappelait la date de son départ précipité à l'aube pour soi-disant retrouver Clémence : c'était le 27 octobre, une date désormais maudite dans l'esprit du jeune homme. Il ne savait pas combien de temps il était resté ici, mais cela faisait déjà trop longtemps. Il fit mine de se rasseoir sur son lit, attendit que l'on ne fasse plus attention à lui, puis sortit en grimaçant dans la cour intérieure de l'hôpital, toujours vêtu de la tenue blanche des malades. Elle était déserte avec la forte pluie qui s'abattait sur Paris. « Une chance » songea le jeune homme en s'avançant rapidement vers un mur qui donnait vers l'extérieur : il n'était pas très haut et Louis se savait capable de l'escalader, même diminué. Le corps déjà trempé, il se dépêcha de l'escalader, avec plus de difficultés qu'il ne l'aurait cru. Des douleurs se réveillèrent dans ses côtes alors qu'il se jetait de l'autre côté, dans une rue peu fréquentée par ce temps. Quelques commerces étaient déjà ouverts et quelques passants le regardèrent d'un drôle d'œil, se demandant ce qu'il faisait en pleine rue accoutré de la sorte.

Il ne savait pas vraiment par où commencer pour mettre en application sa vengeance. Il se figea quelques instants sur un trottoir, les yeux dans le vague, le visage ruisselant d'eau. Il avait froid et se dit que le plus sage était sans doute de commencer par se mettre à l'abri. Un commerçant le prit en pitié et lui proposa d'attendre dans sa boutique que le temps se calme. Louis accepta avec soulagement, réfléchissant à la marche à suivre. Il décida de commencer par retourner à son auberge pour se changer et se reposer, avant d'élaborer un plan. Une heure plus tard, la pluie laissa provisoirement la place à du soleil et Louis en profita pour rentrer à pied à son auberge, toujours vêtu de sa tenue d'hôpital. Il y pénétra exténué, avec des douleurs dans tout le corps. Il esquiva les questions de l'aubergiste, qui lui demandait où il était passé pendant tout ce temps et s'apprêtait à monter sans demander son reste dans sa chambre, quand l'aubergiste l'interpella à nouveau : il l'informa qu'il avait fini par libérer sa chambre, pour arrêter de perdre de l'argent inutilement. Il avait mis de côté les quelques affaires qu'il y avait laissé, et les avait mis dans la réserve. Le jeune homme le remercia et se précipita dans la réserve, avec le peu de forces qu'il lui restait. Il commença par tâter frénétiquement les poches de son autre pantalon : heureusement, il y avait laissé quelques pièces. Cela lui permettrait de vivre quelques jours... Avant de trouver une solution plus durable.

Il demanda une nouvelle chambre pour la nuit, et se mit à table avec un plaisir non dissimulé. Il avait retrouvé son appétit et en avait marre de la nourriture infecte qu'on lui servait à l'hôpital.

Chaque bouchée du ragoût d'agneau qu'on lui servit fut comme une délivrance. Un véritable festin. Le repas terminé, l'assiette saucé par du bon pain complet, Louis finit par demander à l'aubergiste quel jour on était : surpris, celui-ci lui répondit de sa voix bourrue qu'on était le mardi 13 novembre, avant de lui demander à nouveau d'où il pouvait bien sortir. Louis ne répondit pas et baissa la tête : si ses agresseurs avaient dit vrai,

Clémence allait se marier dans à peine plus de deux semaines. Il monta juste après le repas dans sa chambre, la mine sombre.

Dans un coin de la petite salle de l'établissement, un vieil homme n'avait pas perdu une seconde du repas du jeune homme. Tout se déroulait comme prévu... Mais il fallait faire vite désormais.

Retrouvailles

Le lendemain, Louis fut réveillé par les premiers rayons de soleil qui filtraient par sa fenêtre. Il l'ouvrit, entendant au loin les sabots de chevaux au trot. Il avait pris sa décision. Il fallait qu'il rencontre Clémence coûte que coûte. Et en secret cette fois. Il allait devoir être plus malin que ses gardiens. Pour enfin parler à la femme à la robe rouge. Savoir ce que tout cela cachait, si elle ressentait quelque chose pour lui comme il en avait été tellement persuadé.

Il jeta un coup d'œil sur les maigres économies qui lui restaient : à peine de quoi payer l'auberge pendant une semaine. Il allait devoir trouver de l'argent s'il voulait mettre son plan à exécution. Mais chaque chose en son temps. Il connaissait désormais parfaitement le chemin pour aller jusqu'à la place des Vosges. Il marcha d'un pas vif sur toute la route, s'arrêtant juste quelques instants pour acheter une large cape grise à un marchand ambulant. Il devait être discret et il ne comptait rien laisser au hasard.

Arrivé à proximité de l'hôtel particulier où résidait Clémence, il alla s'asseoir à une des tables d'un petit café situé légèrement en amont de la rue. La jeune femme passerait forcément à proximité si elle devait quitter son domicile. Louis commanda une bière pour patienter en se donnant une contenance. Il attendit ainsi jusqu'au début d'après-midi. Il allait se lever pour se rendre aux toilettes quand il vit enfin une robe rouge passer de l'autre côté de la rue. Ces longs cheveux châtains, les courbes de son corps, cette démarche : il n'y avait pas de doute possible, c'était bien elle !
Le cœur du jeune homme se mit à battre plus fort. Une boule se forma dans sa gorge. Comment une femme qu'il connaissait à peine pouvait lui faire un tel effet ? Il se retint de céder à sa

première pulsion lui disant de se précipiter dehors pour la rattraper et pour lui parler. Au contraire, il se leva tranquillement, alla régler au comptoir et partit d'un pas tranquille dans la rue. Juste à temps pour voir la robe rouge tourner à droite dans une grande avenue. Il la suivit de loin.

La jeune femme était accompagnée d'une servante et d'une connaissance de Louis : son intendant personnel, Pierre Lamoix. A sa vue, le sang du jeune homme se glaça. Une peur panique, irrationnelle, l'envahit soudain. Il s'immobilisa, ne contrôlant plus ses gestes, son esprit. Ce n'est que lorsqu'un passant lui rentra dedans, sans s'excuser, qu'il reprit ses esprits. Il passa sa main dans ses cheveux courts, envisageant un instant de tout abandonner. Mais c'était trop tard. Il avait atteint un point de non-retour. Il releva la tête, cherchant Clémence : il la retrouva quelques secondes plus tard, arrêtée devant une vitrine à une cinquantaine de mètres. Il décida de traverser, par sécurité, et continua de suivre ainsi le petit groupe, à distance. Cette filature dura pendant plus d'une heure, sans que le jeune homme ne trouve un seul instant où il pourrait parler à Clémence : l'intendant la suivait comme son ombre dans chaque magasin où ils pénétraient.

Ce n'est que lorsqu'ils approchèrent de la Cathédrale Notre Dame que Louis sentit qu'il pourrait saisir une opportunité si elle se présentait. Il aperçut au loin Clémence et ses deux accompagnateurs pénétrer dans le majestueux édifice. Le jeune Belge fit de même une minute plus tard, non sans avoir pris soin de rabattre encore un peu plus sa cape pour que son visage soit entièrement dans l'obscurité. En rentrant dans la cathédrale, Louis ne put s'empêcher d'être distrait quelques instants par la beauté du lieu et par son immensité. Mais il avait plus important à faire qu'une visite touristique : il entreprit donc de faire le tour de la Cathédrale, jusqu'à apercevoir devant une petite chapelle Clémence. Elle regardait le sol, les mains jointes et était en train de prier. L'intendant était à un mètre d'elle et se recueillait lui aussi. La servante était assise plus loin et semblait regarder fixement un tableau dédié à la Vierge Marie.

Le jeune homme, se rendant compte qu'une approche directe était vouée à l'échec, décida de faire appel à un intermédiaire. Il revint sur ses pas, s'approchant du petit garçon d'une dizaine d'années qui mendiait à l'entrée. Il fouilla dans ses poches, en sortit un bout de papier et du crayon et s'appuya contre un mur pour griffonner quelques mots. Puis il tendit le mot au garçon et lui promit une pièce s'il arrivait à le mettre dans la main de la jeune femme blonde à la robe rouge sans que l'homme à côté d'elle s'en aperçoive.

Le jeune garçon accepta sans se faire prier, s'empara du mot et partit d'un pas vif. Personne ne prêta attention à ce petit rouquin, vêtu de vieux vêtements sales quand il s'approcha de Clémence et déposa dans sa main le mot. Il s'éclipsa immédiatement, allant réclamer son dû à Louis.

La jeune femme à la robe rouge, surprise, regarda immédiatement ce qu'on avait posé dans sa main, le front plissé. Il ne contenait que quelques mots mais ils manquèrent de la faire défaillir : "Clémence, j'aimerais vous parler en privé. Pourriez-vous me rejoindre, seule, dans le déambulatoire ? Je porte une cape grise. Je suis venu de Bruxelles pour vous revoir car je n'ai pas réussi à vous oublier. Louis."

La jeune femme sentit ses jambes trembler, tandis que son cœur s'était mis à battre la chamade. Elle était sous le choc. Louis ici ! Elle avait pourtant pris ses précautions pour qu'il ne la retrouve pas ! Elle se sentit mal, ressentant soudain le besoin de s'asseoir : elle se mit à genoux sur les dalles froides, faisant semblant de prier.

Au fond d'elle, un sentiment se mit à renaître, qu'elle n'avait plus connu depuis longtemps : l'espoir. L'espoir fou d'échapper au mariage qu'elle ne voulait pas, mais qu'elle avait accepté pour assurer son avenir et celui de sa mère. L'espoir de pouvoir vivre une vraie histoire d'amour… C'était aussi pour ça que la venue de Louis lui faisait aussi mal : elle s'était finalement résolue à son sort et ce jeune Belge remettait tout en cause… A moins de deux semaines de son mariage !

Il était venu pour elle, pour la retrouver, alors qu'il la connaissait à peine... C'était pure folie…

Sa peau avait blanchi et sa servante, qui avait noté son désarroi et son attitude surprenante, s'accroupit à ses côtés pour s'enquérir de sa santé :

- « Madame, tout va bien ? Vous vous sentez mal ? » la questionna la jeune adolescente en posant son bras sur les épaules de Clémence.
- « Ca va... Mais je me sens un peu faible...
- Vous seriez mieux assise sur une chaise qu'à genoux sur ce sol froid.
- Vous avez raison. Ca me fera du bien. »

La servante l'aida à se relever et l'emmena vers le centre de la Cathédrale en direction des quelques chaises vides restantes. L'intendant suivait la scène de loin, l'air vaguement inquiet. Puis, en voyant les deux femmes s'asseoir, il relâcha sa vigilance et reprit sa discussion avec un ami du Marquis qu'il venait de croiser.

Clémence se sentit rapidement mieux. Elle commençait à encaisser la nouvelle, petit à petit. A vrai dire, elle mourrait désormais d'envie d'aller retrouver Louis, d'entendre sa voix, de le revoir. Sans doute pour la dernière fois... Mais elle devait avant cela se débarrasser de sa servante.

- « Marie, j'aurai besoin d'aller me promener un peu, seule, pour me remettre les idées en place. J'ai besoin de réfléchir tranquillement. Je n'en peux plus de tous ces gens, de toutes ces sollicitations liées au mariage…
- Je vous comprends Madame. Je vous laisse aller dans un endroit plus calme. Je resterai à proximité, si vous avez besoin de moi.
- Merci Marie. Je vous appellerai en cas de besoin. »

Clémence se leva, remettant en place son châle blanc sur ses épaules. Elle remonta la nef, suivie à une distance raisonnable par sa servante. Ses yeux se perdirent un instant dans les vitraux, sur l'une des nombreuses représentations de Jésus avec ses disciples.

Pourquoi est-ce que Louis lui infligeait cette épreuve ? Elle n'avait pas le choix : il fallait qu'elle se marie avec le Marquis... Elle devrait se montrer ferme avec le jeune Belge.

Elle finit par pénétrer dans le déambulatoire, les jambes flageolantes, le cœur battant. Elle s'avança d'un pas lent jusqu'à arriver tout au bout de la Cathédrale, dans un endroit isolé.

Quelques personnes priaient en silence, d'autres se promenaient, l'air distrait. Une silhouette attira immédiatement son attention. Un homme recouvert d'une longue cape grise. Son visage était également entièrement caché. Ses mains jointes semblaient montrer qu'il était absorbé dans une profonde méditation. Mais elle le reconnut immédiatement. C'était lui.

Elle alla s'installer à proximité, s'agenouillant et faisant semblant de prier. Elle se retourna : à une vingtaine de mètres, sa servante était là et l'observait de loin.

Après un long silence qui lui parut une éternité, Clémence chuchota tout bas à l'attention de son voisin à la cape grise :

- « Pourquoi êtes-vous venu ici ? C'est de la folie ! » entama-t-elle sans bouger sa tête, tournée vers le sol.
- « Je vous l'ai dit, je n'arrivais pas à vous oublier. Et lors des quelques instants passés ensemble à Bruxelles, j'ai eu la sensation que vous partagiez mes sentiments.
- J'ai apprécié les moments passés avec vous, c'est vrai. C'était une jolie parenthèse dans ma vie », commença-t-elle d'une voix douce avant qu'un voile sombre recouvre son regard. « Mais il faut que je vous avoue quelque chose... Je

n'ai pas été tout à fait honnête avec vous : je n'ai pu me résoudre à vous dire que j'étais déjà promise à un autre homme, le Marquis de Saxe. Je ne voulais pas casser les beaux moments que nous avions vécu ensemble. Désormais, je me rends compte que c'était stupide et j'espère que vous pourrez me pardonner. Je dois épouser le Marquis le samedi 1er décembre, dans moins de deux semaines. Je n'ai pas le choix.

- Lors de notre rencontre, je n'ai pas eu l'impression que votre cœur était déjà pris. Aussi permettez-moi de vous poser une question personnelle : l'aimez-vous ?
- C'est plus compliqué que cela.
- Expliquez-moi, j'ai tout mon temps.
- Je… » entama-t-elle d'une voix hésitante, vérifiant que sa servante était trop loin pour s'apercevoir qu'elle parlait à un inconnu. « Pourquoi voulez-vous tant le savoir ?
- Pour comprendre. J'ai fait tout le voyage depuis Bruxelles pour vous voir. Je crois que je le mérite.
- Soit… » chuchota-t-elle, cherchant ses mots. « Sachez que mon père était un couturier, l'un des meilleurs de la ville. Les affaires marchaient bien. Mais il avait un grand défaut, que nous avons découvert bien tard : il était aussi un grand amateur de jeux d'argent. Quand il nous a… abandonné l'été dernier, il nous a laissé ma mère et moi avec d'importantes dettes à régler et nous a fait tomber dans le déshonneur. Même en revendant notre maison, nous n'aurions pu rembourser qu'une partie de ses dettes… Nous avons un instant pensé à fuir mais ma mère a refusé car elle voulait préserver la réputation de sa famille et de son nom. Elle n'a pas voulu passer pour une lâche qui fuyait ses responsabilités. » La jeune femme se tut un instant, essuyant discrètement une larme qui perlait lentement sur sa joue, avant de reprendre d'une voix cassée : « Je savais depuis longtemps que le Marquis de Saxe avait des vues sur moi. Cela ne dépendait que de moi… A l'époque, je l'avais

éconduit poliment mais...la situation a changé. Mon père est...mort. Il a mis fin à sa vie, ne pouvant plus faire face à ses obligations. » La jeune femme essuya une nouvelle larme qui coulait sur sa joue. « De sa propre initiative, le Marquis est intervenu pour régler toutes nos dettes et nous éviter le déshonneur, à ma mère et moi. J'ai donc accepté sa main. Je lui ai donné ma parole de devenir sa femme s'il prenait soin de ma mère...

- Vous ne l'aimez donc pas ?
- Quelle importance ? Il a respecté sa part du marché. Je dois maintenant respecter la mienne. Je ne voulais pas vous mêler à tout ça. J'ai succombé à un coup de cœur lorsque je vous ai revu à Bruges mais je n'aurai jamais dû. C'était de la folie pure et simple. »

Le jeune homme, qui fixait toujours fixement un crucifix devant lui, ne put empêcher sa voix de monter d'un ton :

- « Nous restons toujours libres Clémence, tant que nous respirons. Pourquoi ne pas fuir avec moi ? » interrogea-t-il avec un fol espoir dans la voix. « Je pourrai vous héberger avec votre mère à Bruxelles. Ou nous pourrions partir ailleurs, à Venise, à Madrid, dans des endroits où l'on ne pourra jamais nous retrouver. Après tout, nous sommes tous deux des marchands : nous pouvons aller où bon nous semble !

  – Je ne peux pas », répondit Clémence d'une voix froide. « J'ai donné ma parole et la réputation de notre famille est en jeu. Je me suis fait une raison depuis bien longtemps et il faut que vous fassiez de même. » Elle s'interrompit quelques instants, regardant fugitivement la silhouette de son interlocuteur mystérieux. « Sachez simplement que si les circonstances avaient été différentes, j'aurai pu prendre une autre décision.

  – Vous ressentez donc des sentiments pour moi ?

  – Nous nous connaissons à peine... Je… » Elle regarda

vers le côté et voyant que sa servante venait à sa rencontre, murmura ces derniers mots : « je vais devoir vous quitter. C'est donc un adieu » conclut-elle d'une voix triste, tournant pendant quelques secondes ses yeux tristes vers le jeune homme, regrettant de ne pouvoir voir une dernière fois son visage, caché par la cape.

« Plutôt un au revoir », répondit Louis pour lui-même tandis que Clémence commençait à s'éloigner pour retrouver sa servante. « Vous m'avez dit ce que je voulais savoir... »

Le jeune homme leva les yeux vers la voûte imposante de la Cathédrale Notre Dame. Il n'était pas très croyant mais en ce moment précis, il ressentit le besoin de demander l'aide de Dieu. Il aurait bien besoin de ça pour parvenir à ses fins. D'un pas lent, l'esprit ailleurs, Louis quitta la Cathédrale. Il se demandait ce qu'il devait faire maintenant. Il n'avait presque plus d'argent. Pas la moindre idée de la marche à suivre pour réaliser son plan : déclarer le Marquis de Saxe en duel et le tuer, à la loyale, pour libérer Clémence de ses obligations.
Une idée s'imposa rapidement dans son esprit : il ne pourrait rien faire tout seul. Mais qui pourrait accepter de l'aider dans sa quête ? Des ennemis du Marquis ? Et en admettant qu'il en ait, où   les   trouver ?
C'est dans une petite rue étroite à proximité de la Cathédrale, en observant deux vieux hommes saouls discutant forts devant la porte d'un bar, que Louis trouva sa réponse...
L'ennemi du Marquis

Le jeune Belge était fatigué, ses blessures lui faisaient encore mal, mais cela n'avait pas d'importance. Un sentiment d'urgence l'habitait : il savait qu'il n'avait plus de temps à perdre. Le jour commençait à toucher à sa fin. La nuit n'allait pas tarder à envelopper la capitale.

Le jeune homme traversa la Seine pour aller sur la Rive droite, direction les quartiers chics et les Champs Elysées. Quand il arriva enfin sur la Grande avenue où de nombreuses calèches défilaient, il sut qu'il était au bon endroit. Des couples de bourgeois se promenaient dans les petits bois encadrant l'avenue, profitant des derniers instants de soleil de la journée. Ils étaient pour la plupart vêtus d'habits issus de la dernière mode parisienne, tous de grande valeur.

Louis s'arrêta quelques instants, cherchant des yeux un bar où pourraient se détendre les serviteurs de ces nouveaux riches. Il décida de s'enfoncer dans une petite ruelle perpendiculaire à l'avenue, d'où s'échappaient des éclats de voix. Il ne tarda pas à repérer un petit bistrot parisien. Il s'y installa au comptoir, à côté d'un homme seul, tiré à quatre épingles, le visage figé.

Le jeune belge commanda une bière et un croque-monsieur : il mourait de faim. Il tenta d'entamer la conversation avec son voisin : ce dernier était un Bordelais employé par la compagnie des chemins de fer, de passage dans la capitale pour son travail. Ce n'était donc pas auprès de lui qu'il allait obtenir des renseignements. Il finit par s'excuser, et alla s'asseoir à une petite table pour manger tranquillement son Croque-Monsieur. Il était croustillant et délicieux. Pendant quelques instants, le jeune homme s'abandonna au plaisir simple de déguster un bon plat de bistrot, oubliant sa quête impossible.

Pendant ce temps-là, à l'extérieur du bistrot, le vieux Robert était en plein discussion avec deux jeunes serviteurs qui rentraient chez eux. Il avait réussi à retenir leur attention en leur promettant une jolie somme s'ils faisaient exactement ce qu'il leur était demandé. Les deux garçons obéirent, acquiesçant sagement de la tête à toutes les demandes de Robert. Il leur fit répéter plusieurs fois leur texte. Satisfait, il les envoya à l'intérieur du bistrot, et alluma une pipe. Il commençait à faire froid et le vieil homme frissonna.

A l'intérieur, Louis regarda discrètement le contenu de sa bourse et soupira. Il ne tiendrait plus très longtemps. Il renonça donc à prendre un dessert et prit à la place une deuxième bière, tout en se concentrant sur les discussions autour de lui. Il ne savait pas trop ce qu'il espérait entendre : des médisances sur des Nobles ? Des secrets qui lui seraient utiles ?

Un instant, il envisagea de tout abandonner, se sentant trop petit et trop faible pour avoir la moindre chance de réussir. Il s'avachit sur sa chaise, le regard dans le vide, buvant de temps en temps une gorgée de bière.

C'est alors qu'il entendit le nom du Marquis de Saxe dans une discussion animée entre deux jeunes gens passablement éméchés sur sa droite. Il se rapprocha, tendant l'oreille. Ils parlaient du prochain mariage du Marquis de Saxe avec Clémence Vernet, auquel leur maître était invité :
-   « Il paraît qu'elle est pas mal, la Clémence ! » clama le plus petit des deux.
-   « Oui, je me demande combien de temps elle va durer celle-là, » continua le deuxième, plus costaud.
-   « Si elle arrive à lui donner enfin un successeur, plus longtemps que les deux autres !
-   Quand même, quand t'y penses, ce Marquis a de la chance, il peut avoir toutes les femmes qu'il veut ! Alors que nous, on a même du mal avec les moches ! » ricana le petit.

Louis, passablement gêné, choisit ce moment pour rentrer dans la conversation :
-   « Excusez-moi, Messieurs. Je n'ai pu m'empêcher de vous écouter parler du Marquis de Saxe. Vous le connaissez ? »
Le plus petit partit dans un large fou rire :
-   « Mais bien sûr, c'est mon père ! »
Le costaud lui tapa dans les côtes, avant de répondre à Louis

d'une voix plus calme :

- « Nous ne sommes que d'humbles serviteurs. Notre maître est un marchand de meuble influent dans la capitale et il est invité au mariage de ce Marquis. Nous ne connaissons de lui que les rumeurs qui circulent...
- C'est à dire ?
- Ben, c'est un homme à femmes. Il aime séduire. Mais c'est surtout quelqu'un de très riche, qui a l'oreille du Roi Charles. On dit même qu'il le conseille régulièrement.
- Il est très doué en affaire », enchaîna le petit, remis de son fou rire. « Mon maître a dû lui faire de sacrées remises !
- Vous savez s'il a des ennemis ?
- Des ennemis ? » sourit le costaud. « Oui, beaucoup, mais qui ont trop peur de lui pour lui faire face.
- Qui ? » interrogea Louis, soudain plein d'espoir.
- « Tous ceux qui sont devenus pauvres à cause de ses manigances, de ses arnaques ! Ou tout simplement tous ceux qui ont perdu les faveurs du Roi à cause de lui...
- Est-ce que vous pourriez me donner un des noms de ces ennemis, pour que je le rencontre ?
- Pour quoi faire ?
- C'est personnel. Mais c'est très important. »

Les deux jeunes gens se regardèrent, faisant mine de réfléchir.

- « Je connais quelqu'un qui pourrait te donner plus de renseignements » reprit le petit en portant un verre de vin à sa bouche. « Il s'appelle Robert. Il t'en dira plus s'il te juge digne de confiance.
- Où puis-je le trouver ?
- Il adore dîner dans un vieux troquet appelé Le Maréchal, pas loin d'ici. C'est sa deuxième maison. En fait, je crois qu'il est amoureux de la jeune serveuse » conclut le petit en riant grassement.
- « Vous le reconnaîtrez facilement, enchaîna le costaud. Il est très vieux ! Mais il est encore en forme pour son âge...

En revanche, il faudra sans doute attendre demain soir : à cette heure, il doit déjà être au lit ! »

Le jeune Belge les remercia en leur payant leurs verres et se rendit sans perdre davantage de temps dans le bar en question, le "Maréchal", situé à quelques rues de là. Il voulait repérer les lieux et les figer dans sa mémoire.

Il était tard : les lampadaires éclairaient d'une lueur blafarde les rues sombres de la capitale. Les chaussées étaient presque désertes, seul le bruit d'une calèche passant au loin brisa quelques instants le silence. Il finit par repérer le bar recherché et s'engouffra à l'intérieur : "Le Maréchal" était un vieux troquet, décoré à l'ancienne : des fauteuils et des meubles de l'ancien régime indiquait clairement l'orientation politique des propriétaires. Une jeune serveuse était en train de balayer et d'empiler les chaises vides : il ne restait plus que quelques clients. Il lui demanda si un certain Robert était encore là. La belle jeune femme lui répondit par la négative, lui indiquant que le "vieux" était déjà rentré se coucher mais qu'il pourrait le voir le lendemain soir.

Louis, soulagé de voir que les jeunes ne lui avaient pas menti, décida de partir se coucher, impatient.

Le vieux Robert

Louis se leva tard le lendemain, sans se sentir pour autant reposé. Il fit une toilette rudimentaire, tentant de se rendre plus présentable, en se rasant sa barbe de plusieurs jours. En se regardant dans le miroir, il grimaça en voyant que son visage était encore recouvert de bleus et de cicatrices. Il serra les dents, prit le peu d'argent qu'il lui restait et sortit.

Il passa la matinée et le début d'après-midi à errer dans les nouveaux parcs parisiens, cherchant quelque chose à faire. Il avait placé tous ses espoirs sur les épaules d'un vieil homme qu'il ne connaissait même pas… C'était maigre. Il eut un instant de découragement au milieu de l'après-midi, quand la pluie se mit à s'abattre sur Paris, semblant obscurcir encore davantage un avenir peu souriant. Il se mit à l'abri, passant la fin de journée dans un café, où il chercha dans les journaux de la Capitale des informations sur le Marquis. Sans grand succès. Voyant sur l'horloge du café qu'il était bientôt 19H, il décida de se rendre en avance au "Maréchal", ne voulant prendre aucun risque de manquer à nouveau Robert.

Il pénétra dans le troquet une dizaine de minutes plus tard et s'installa à une table reculée. Il commanda une soupe aux oignons, qu'il dégusta lentement, tout en laissant voguer son imagination. La vieille horloge du troquet indiquait 20H05 quand un vieil homme habillé tout en noir fit son entrée dans le bistrot. Il retira sa cape trempée et son chapeau et s'installa en habitué à une table qui semblait lui être réservée. La jolie serveuse lui sourit amicalement, inclinant la tête devant lui. Puis elle fit signe à Louis que c'était l'homme qu'il recherchait la veille.

Sans perdre un instant, le jeune Belge se leva et se rapprocha de la table du vieux serviteur :

- « Bonjour Monsieur, excusez-moi de vous déranger. Seriez-vous d'accord pour partager votre repas avec un homme désespéré ? En contrepartie, je vous offrirai le dîner.
- Si vous le souhaitez », répondit l'homme d'un ton peu amical. « Mais vous savez, je ne suis pas très bavard…
Le jeune homme ne se fit pas prier et prit place à sa table. Il observa quelques instants le visage du vieillard, qui devait avoir plus de soixante-dix ans : ses yeux pétillaient d'intelligence mais sa peau ridée et crevassée par le temps lui donnait un air las. Malgré tout, une aura s'échappait de cet homme au dos courbé. Une énergie intérieure. Le jeune Belge reprit d'une voix excitée :

- « A dire vrai, j'aimerais vous poser quelques questions… On m'a dit que vous connaissiez très bien toute la noblesse Parisienne.
- Cela fait cinquante ans que je sers le même homme, le Comte de Moron, et il est vrai que j'ai acquis quelques connaissances sur les personnes influentes du Royaume. Mais pourquoi donc me demandez-vous cela ? »s'enquit-il d'un air méfiant.
- Pour être honnête, j'aimerais en savoir plus sur le Marquis de Saxe » répondit Louis sans tourner davantage autour du pot.

A l'évocation de ce nom, le visage ridé du vieux Robert se tendit, comme si la simple évocation de ce nom lui rappelait des souvenirs douloureux. A ce même instant, la jeune et jolie serveuse lui apporta une assiette de purée aux cèpes. Le serviteur la remercia sans la regarder et commença d'un mouvement lent à déguster son plat. Ce n'est qu'après presque une minute de silence que Robert demanda à Louis, le regardant droit dans les yeux :

- « Que voulez-vous donc savoir sur cet homme ?
- J'aimerais en savoir plus sur sa vie, ses amis, ses ennemis...
- Rien que ça ! Et pourquoi donc vous intéressez-vous au Marquis ? » le questionna le vieillard d'une voix froide.
- C'est…c'est compliqué à expliquer », bégaya Louis d'une voix gênée. « Je ne voudrais pas vous ennuyer avec mes histoires...
- Vous m'ennuyez déjà. Alors soit vous m'expliquez clairement de quoi il retourne, soit vous pouvez directement quitter cette table. Faites votre choix », conclut-il en reprenant une cuillerée de purée qu'il avalât bruyamment.
- « Comme vous voudrez. De toute façon, je suppose que je n'ai plus rien à perdre...

Le jeune homme lui expliqua ainsi en détail comment il avait rencontré Clémence, leurs moments passés ensemble à Bruxelles. Il lui raconta comment il avait tout quitté pour la rejoindre, comment il s'était fait tabasser par les hommes du Marquis. Il conclut par sa volonté de se venger et par son désir d'empêcher absolument ce mariage.

- « Tout ceci est très intéressant », commenta le vieillard en reprenant un morceau de pain. « Mais comment comptez-vous vous y prendre ?
- Je vais déclarer le Marquis en duel », affirma avec fierté Louis, la tête haute. « Pour le vaincre avec les honneurs.
- Comment ? » s'esclaffa Robert en recrachant par mégarde quelques miettes de pains. « Vous ? Un petit bourgeois de Bruxelles qui n'y connait rien aux armes !
- Avec des amis au village, quand j'étais plus jeune, on faisait souvent des concours de tirs avec l'arme de mon oncle et je gagnais à chaque fois ! » se rebiffa Louis.
- « Ah, je suis rassuré ! » s'exclama Robert. « Non mais réveillez-vous ! Je vois bien que vous ne savez pas à qui vous avez affaire ! Le Marquis est un très bon tireur, un des

meilleurs de la capitale ! Et même s'il a un peu perdu de son habileté avec l'âge et les kilos en trop, il n'en reste pas moins un combattant d'une précision redoutable.

- Qu'importe si je meurs », répondit le jeune homme d'une voix froide. « Je ne changerai pas d'avis. Mon honneur est en jeu.

- Comme vous voudrez. Mais quand vous rejoindrez l'au-delà, vous ne pourrez pas me reprocher de ne pas vous avoir prévenu. Mais que me voulez-vous exactement ?

- A vrai dire, je… » commença le jeune homme d'une voix honteuse, « je n'ai presque plus d'argent. Et j'ai absolument besoin d'acheter un pistolet de qualité pour avoir une chance. Et surtout, j'ai besoin d'entraînement. J'espérais que vous pourriez me donner le nom d'un ennemi du Marquis qui accepterait de financer mes projets… Il doit bien avoir quelques ennemis, non ?

- Figurez-vous », répondit le vieil homme en tapant sur l'épaule de Louis, un large sourire aux lèvres, que vous êtes face à un homme qui partage votre haine du Marquis de Saxe. « Et vous êtes d'ailleurs très chanceux, car dans le cas contraire, vous auriez certainement fini en prison, si ce n'est sur le gibet ! Vous êtes complètement inconscient jeune homme ! Mais quelque part, cela prouve la pureté de vos intentions. J'aime ça !

- Vous allez donc pouvoir m'aider ? » l'interrogea Louis d'une voix remplie d'espoir.

- Je vais en parler à mon maître, le Comte de Moron, mais je ne vous garantis rien. Le Comte s'est souvent opposé en affaire avec le Marquis, et je dois avouer qu'il a le plus souvent perdu, ne pouvant lutter à armes égales. Quand on a le Roi contre soi, c'est plus difficile », soupira le vieux serviteur. « Mais je m'égare. Je vous donne rendez-vous demain à dix heures, 12 rue Saint-Honoré, devant la demeure du Comte. Si je vous attends devant la porte, cela signifiera que le Comte accepte de vous aider. Dans le cas

contraire, inutile d'attendre : passez votre chemin et n'essayez plus de nous contacter à nouveau. C'est bien clair ?
- Très clair.
- Bien », conclut le vieil homme en avalant la dernière bouchée de sa purée. Sur ce, je vous souhaite une bonne soirée. »

Robert se tourna alors vers la serveuse et lui fit signe qu'il désirait régler. Louis se leva, le remercia et rentra vers son hôtel, des rêves de combat plein la tête.

De son côté, le vieux serviteur sourit en se grattant les dents : tout s'était déroulé comme prévu. Le Comte avait trouvé une épée docile pour frapper son vieil ennemi : il restait maintenant à l'aiguiser pour la transformer en une arme redoutable, capable de transpercer le cœur du Marquis. Bref, le plus dur restait à faire…

Le Comte de Moron

Le lendemain, il se leva aux aurores, de peur d'arriver en retard. Il se promena aux environs du Louvre, cherchant à tuer le temps. A neuf heures, il était déjà devant la porte du 12 rue Saint-Honoré. Impatient et angoissé. Le temps s'écoula ce matin-là avec une lenteur exaspérante. Enfin, l'horloge d'une bijouterie à proximité sonna, indiquant qu'il était dix heures. Pas de traces de Robert pour l'instant : la grande porte en bois de l'hôtel particulier restait désespérément fermée, semblant demander à Louis de passer son chemin. L'angoisse du jeune homme monta d'un cran quand il vit sur l'horloge qu'il était désormais dix heures cinq, mais il refusa de partir tout de suite : c'était peut-être un test. Ou peut-être Robert avait-il eu un empêchement ?

Ce n'est que dix minutes plus tard que la porte s'ouvrit enfin et que le visage ridé du vieux Robert apparut par l'embrasure.

- « Rentrez, jeune homme, le Comte de Moron va vous recevoir. »

Le jeune Belge suivit le vieil homme qui avançait d'un pas lent. Il observa la demeure : le lieu avait dû être magnifique autrefois mais il tombait en décrépitude. Les murs étaient étonnamment vides et des traces mettaient en évidence que des tableaux et des miroirs avaient sans doute été récemment enlevés.

Ils pénétrèrent dans une grande salle. Une grande tapisserie était affichée tout le long d'un mur et le sol était recouvert d'un tapis rouge épais. Là encore, des traces sur les murs montraient que certaines décorations avaient été retirées. Un homme d'une cinquantaine d'années était assis sur un large fauteuil. Il portait une perruque blanche et un costume bleu. Des rides barraient son visage soucieux et son regard marron semblait perdu dans le   vide.

- « Bonjour jeune homme, bienvenue dans mon humble demeure », entama-t-il d'une voix autoritaire.
- « Bonjour... Mon-Monsieur le Comte », bégaya Louis, ne sachant trop quoi dire.
- « Comme vous pouvez le constater, le faste de cette maison n'est plus le même qu'autrefois. La faute aux affaires, qui ne m'ont pas épargné ces temps-ci, depuis que je n'ai plus les faveurs du Roi. Mais assez parlé de moi. Parlons de vous. Mon fidèle Robert m'a raconté votre histoire. Et j'ai décidé de vous aider...
- Merci Monsieur le Comte », répondit timidement Louis. Son cœur battait très fort.
- « Je ne vais pas y aller par quatre chemins. J'aimerais vous donner une chance de gagner face à cette ordure de Saxe. Et pour cela, il vous faut en premier lieu un entraînement approprié, au regard de votre manque d'expérience concernant le tir au pistolet. Et il vous faut surtout du temps. Quand le mariage de votre aimée doit-il se dérouler ?
- Heu, dans environ une semaine, le premier décembre
- C'est beaucoup trop tôt », répondit sèchement le Comte. « Il nous faut plus de temps. Il faut absolument repousser ce mariage.
- Vous est-il possible de contacter la mariée ? » intervint Robert en toussotant.
- « Elle est constamment surveillée par des proches du Marquis. Mais j'ai déjà réussi une fois, je pourrai le refaire.
- Je pourrai vous y aider », reprit le vieux serviteur. « Les hommes du Marquis ne me connaissent pas.
- Qu'avez-vous en tête, mon fidèle Robert ? » le questionna le Comte en se levant de son fauteuil.
- « Il faudrait élaborer avec la future mariée une excuse pour repousser le mariage » répondit-il, avant de faire une pause, le front plissé. « Un rendez-vous urgent à l'étranger ? Une

maladie ?

- C'est une bonne idée. Mais pour que cela soit possible, il est évidemment nécessaire que Clémence collabore à notre stratagème » reprit le Comte.
- « Le problème, c'est qu'elle se sent obligée d'épouser le Marquis » intervint Louis, la gorge sèche. « En mourant, son père l'a laissé criblée de dettes de jeux et le Marquis lui a permis de sauver l'honneur de sa famille. Il a réglé tous ses créanciers et a mis sa mère définitivement à l'abri du besoin, à une seule condition : qu'elle l'épouse...
- « Mmh, je vois » reprit le Comte. « Mais elle ne sait pas tout. Et vous non plus, jeune homme.
- Que voulez-vous dire par là ?
- Son père ne s'est pas suicidé, il a été assassiné.

Le cœur du jeune homme s'arrêta de battre, tandis que le Comte le regardait fixement dans les yeux, avant de reprendre :

- « Le Marquis de Saxe a tout organisé, avec son homme de main, Pierre Lamoix. Il a créé de toutes pièces ces dettes de jeux qui n'ont jamais existé. Il a enlevé Monsieur Vernet avant de le jeter dans la Seine. Il a payé des gens pour qu'ils fassent de faux témoignages, certifiant qu'il s'était suicidé. L'autopsie du corps ne montrant aucune trace de coup, personne n'a infirmé cette théorie. Bref, tout s'est passé exactement comme prévu et Clémence Vernet est tombée dans le piège... »

Le sang du jeune homme se glaça. Il était face à un adversaire d'une cruauté et d'une intelligence hors norme. Une colère froide monta en lui.

- Comment...comment avez-vous su ? » articula le jeune Belge avec peine.
- « Nous connaissons un des hommes de main du Marquis. Je sais que cela fait beaucoup d'informations à recevoir mais, quand Robert m'a parlé de votre désir de vengeance, j'ai

préféré vous dire tout ce que je savais...
- Vous...vous avez bien fait. »

Le jeune homme ferma les yeux, essayant de chasser son désir de tuer le jour même le Marquis. Il fallait le vaincre de manière loyale, pour ne pas devenir un meurtrier et perdre à jamais Clémence. Au moins, il avait maintenant largement de quoi convaincre celle qu'il aimait de repousser son mariage...

Entraînement

Dans la cour intérieure de l'hôtel du Comte, un froid de loup régnait, alors que le soleil était caché par d'épais nuages gris. Comme on lui avait demandé, Louis ne portait qu'une chemise et une veste légère et il frissonnait, seul, au milieu de la cour. Il était impatient de commencer.

Au moment même où l'horloge placée dans la cour résonna, indiquant qu'il était sept heures, un homme d'une cinquantaine d'années, aux longs cheveux gris, pénétra dans la cour. Son visage était blême, ses traits graves. Son regard bleu et froid donnait une impression de calme et de sérénité. Il se tenait fièrement, son poignet gauche enfoncé dans sa veste et le droit tenant une valise.

- Venez par ici, jeune fou », entama-t-il d'une voix grave.

Le maître d'armes posa sa valise sur le sol et l'ouvrit : elle contenait deux pistolets rangés avec soin. Il se saisit du plus petit et se redressa.

- Bonjour Messire », clama le jeune Belge d'un ton qui se voulait guilleret, en lui tendant sa main. « Je vous remercie de votre...
- Inutile de perdre du temps en politesse mon garçon », le coupa l'homme en lui tendant le pistolet. « Il faut faire vite, à ce que l'on m'a dit. Prenez le pistolet et concentrez-vous bien sur tout ce que je vais vous dire. »

Louis s'exécuta sans se faire prier davantage. Le sourire qu'il arborait quelques secondes auparavant s'était déjà effacé quand il saisit l'arme et la décortiqua du regard. C'était un pistolet à percussion, avec une crosse renaissance. Le nom du fabriquant, le célèbre Eugène Lefaucheux, était gravé sur la crosse, lustré avec soin.

- « Cette arme est ce qui se fait de mieux sur le marché », reprit l'homme de sa voix monocorde. « Si vous veniez à mourir lors du duel, ce ne sera pas à cause de l'arme. » Il toussota et se saisit lui-même d'un pistolet accroché à sa taille. « Aujourd'hui, nous allons travailler la prise en main de l'arme et la posture.

- Nous n'allons pas tirer ? » demanda Louis, déçu.

- « Non, car le tir n'est qu'une petite partie de l'art de maîtriser un pistolet. Il découle de tout le reste. Une bonne posture est essentielle. » Le maître d'arme se mit alors en position de tir, lui faisant signe de l'imiter. « Vous voyez comment ma main tient l'arme : faites de même... » Il se rapprocha de Louis pour modifier légèrement sa façon de tenir le pistolet. « Voilà, c'est bien. Détendez les muscles de vos mains. »

La leçon dura ce matin-là près de trois heures avant que le maître d'armes ne consente à laisser Louis aller se reposer. Le jeune homme venait d'étancher sa soif quand il osa enfin demander à son professeur particulier :

- « Puis-je vous demander quel est votre nom ? »

L'homme aux cheveux gris le regarda fixement dans les yeux, semblant hésiter dans le choix des mots à employer :

- « Je suis Hubert Defaux, ancien officier dans l'Armée du Roi, aujourd'hui retiré des champs de bataille. »

Tout en finissant cette dernière phrase, il sortit son poignet gauche qu'il avait gardé dissimulé sous sa veste pendant toute la leçon. Il ne restait plus qu'un moignon.

- « Vous comprendrez aisément pourquoi », reprit-il de sa voix monocorde. « Suite à ma retraite forcée, je fais profiter les plus offrants de mes connaissances concernant les armes à feux.

- Vous connaissez le Marquis de Saxe ? »

Un éclair passa dans les yeux d'Hubert avant qu'il ne réponde de sa voix froide habituelle :
-   « Je le connais en effet. Nous avons combattu ensemble par le passé. Il fit soudain demi-tour, rangeant les armes dans sa petite valise avant de reprendre : nous nous retrouverons cet après midi à quatorze heures. Ne soyez pas en retard. »

Puis il quitta la cour sans se retourner, laissant Louis en proie à ses réflexions.

Entrevue

« Des foulards à moitié prix ». C'était l'offre choc qu'un marchand de rue venait de hurler à l'oreille de Louis, cherchant à attirer son attention. Mais le jeune homme avait d'autres chats à fouetter qu'acheter un foulard. Il suivait à distance respectable, depuis près d'une heure maintenant, le convoi composé de Clémence, sa servante et son intendant personnel.

A ses côtés, le vieux Robert commençait à donner quelques signes de fatigue, mais il arrivait malgré tout à tenir une allure soutenue, sans jamais se plaindre.

Louis commençait à croire qu'il ne trouverait jamais d'occasion de s'approcher de celle qu'il aimait, qui était constamment surveillée par ses deux chiens de garde. Il secoua la tête de dépit, avant de couvrir de son regard marron sa Clémence, qui s'était arrêtée devant un étal de marrons chauds : elle était vêtue d'une magnifique robe bleue très longue, recouverte d'un manteau en fourrure tout blanc. Ses longs cheveux blonds étaient savamment coiffés et attachés afin de former un ensemble harmonieux. Ses mains fines étaient protégées du froid par de longs gants blancs que Louis devinait en soie.

Le petit groupe venait de pénétrer dans le passage du Cerf, une toute nouvelle galerie couverte renfermant de nombreuses petites boutiques à destination des Parisiens les plus fortunés. De nombreuses dames tirées à quatre épingles passaient d'un magasin à l'autre, étudiant avec sérieux quels vêtements et quels accessoires leur permettraient d'être à la pointe de la dernière mode dans la capitale. Clémence faisait de même et regardait avec intérêt un étal de parapluies chics.

- « C'est notre chance », lui souffla Robert. « Dans ce brouhaha et avec tout ce monde, on devrait réussir à rentrer en contact avec elle. »

Le vieil homme rentra dans le premier magasin du passage,

faisant signe à Louis de le suivre. C'était un magasin de chapeaux qui comportait un rez-de-chaussée ainsi qu'une sorte de cave regorgeant de chapeaux dans tous les recoins. Robert lui demanda de descendre les escaliers.

–   « Cache-toi en bas, derrière un étal de chapeaux. Je
    m'occupe de faire venir Clémence ici. »

Le jeune homme s'exécuta, s'installant aussi confortablement que possible derrière une pile de chapeaux de toutes les couleurs, attendant la venue de Robert, passablement inquiet : il avait peur que le vieil homme, malgré ses talents, ne parvienne pas à convaincre la jeune femme. Ou que Clémence refuse de le voir. Le Comte avait pourtant raison : sans un minimum d'entraînement, il n'avait aucune chance face à l'expérimenté Marquis. Le jeune Belge soupira de soulagement quand il entendit enfin des bruits de pas sur l'escalier en pierre du magasin. Puis une voix douce se fit entendre :

–   « Louis ? » murmura Clémence en s'avançant dans la
    cave tout en faisant mine d'observer des chapeaux.
–   « Je suis caché là » entama le jeune homme, son visage
    émergeant à moitié derrière une pile de chapeaux, dans
    un coin de la boutique.
–   « Que me voulez-vous encore ? » reprit-elle en faisant
    mise d'examiner un large chapeau blanc. « Je pensais
    avoir été claire la dernière fois que nous nous sommes
    vus. Il ne faut plus se revoir. C'est dangereux pour vous
    et pour moi.
–   Je comprends. Je vais donc aller droit au but :
    j'aimerais que votre mariage soit décalé autant que faire
    se peut.
–   Comment cela, décalé ? Nous devons nous marier
    samedi, dans moins d'une semaine ! Tout est déjà
    organisé et il est impossible de le décaler ! » clama-t-
    elle d'une voix catégorique, avant de baisser la voix

pour ne pas attirer l'attention de ses accompagnateurs.

–   « J'ai besoin de plus de temps... »

Clémence se saisit d'un nouveau chapeau, tentant de se calmer. Elle jeta un coup d'œil derrière elle : sa servante l'attendait à l'étage supérieur comme convenu et semblait absorbée par les marchandises du magasin. Quant à Pierre Lamoix, son nouvel intendant, il était en pleine discussion avec un vieux commerçant insistant. Elle reprit donc la parole, en s'approchant de la provenance de la voix :

–   « Pourquoi ?

–   A vrai dire, j'aimerais... » commença Louis d'une voix mal assurée.

–   « Eh bien, allez-y, parlez !

–   Je voudrais déclarer le Marquis en duel…avant votre mariage.

–   Mais vous êtes complètement fou ! » cria presque Clémence en laissant tomber le chapeau qu'elle tenait dans ses mains délicates. « Je ne vous ai rien demandé !

–   C'est vrai. Mais vous ne savez pas tout sur cet homme. Pour commencer, vous ne savez pas ce qu'il m'a fait. »

Le jeune homme se leva, mettant dans la lumière son visage tuméfié, encore couvert de cicatrices.

–   « Mais qu'est-ce qui vous est arrivé ? » cria presque la jeune fille, une main devant la bouche.

–   « J'ai fait l'erreur d'essayer de vous retrouver. Et le Marquis me l'a fait payer... Il pensait me faire peur et me faire détaler à Bruxelles en me tabassant... » Le jeune homme se baissa à nouveau derrière la pile de chapeaux, tandis que sa voix devenait froide et déterminée. « Mais j'ai bien l'intention de me venger.

–   Vous...vous êtes sûr que le Marquis est bien derrière cet acte de barbarie ? Cela ne lui ressemble pas !

– C'est bien ce que je pensais. Vous ne le connaissez pas ! » Une colère sourde perçait dans la voix du jeune homme, qui avait du mal à dissimuler la haine qu'il ressentait pour le Marquis de Saxe. « Monsieur Lamoix a supervisé lui-même mon règlement de compte, et il m'a clairement fait comprendre qu'il agissait pour le compte du Marquis.

– Je...Je suis désolée. » La jeune femme paraissait déboussolée et elle avait arrêté de faire semblant de regarder les chapeaux.

– « Attention ! » l'avertit Louis. « Votre servante vous regarde ».

– « Je, je… comprends votre colère. Mais je dois vous prévenir : le Marquis est l'une des plus fines gâchettes du Royaume. Vous n'aurez aucune chance !

– Je le sais parfaitement, je me suis renseigné » répondit le jeune Belge d'une voix calme. « C'est pourquoi je m'entraîne tous les jours au maniement du pistolet avec l'un des meilleurs maîtres d'arme de la capitale. Mais j'ai besoin de temps.

– Vous allez vous faire tuer !

– J'ai pris ma décision, je ne reviendrai pas en arrière. Je le déclarerai en duel le jour de votre mariage. » affirma-t-il d'une voix implacable. « Mais j'ai besoin de temps. Il faut repousser la date de votre mariage pour me laisser le temps de me préparer convenablement...

– Je ne veux pas participer à votre mise à mort ! Je dissuaderai le Marquis de participer à votre duel ! Vous avez déjà suffisamment souffert. Je ne me pardonnerai jamais si vous mourrez lors de ce combat perdu d'avance...

– J'avais peur que vous disiez cela » reprit la voix étouffée par la pile de chapeaux. « J'espérais ne pas avoir à vous en parler tout de suite mais vous méritez de savoir...

– Je mérite de savoir quoi ? » interrogea Clémence, soudain inquiète, qui faisait semblant d'essayer un chapeau devant la glace. Elle se tut soudain quand une cliente pénétra dans le sous-sol, elle aussi en quête d'un chapeau. Ne trouvant pas son bonheur, elle partit rapidement.

– « Nous sommes seuls ? » reprit Louis.

– « Oui, allez-y. Dites-moi ce que vous me dissimulez.

– Votre père...Il ne s'est pas suicidé... »

Au moment où Louis prononça cette phrase, le sang de Clémence se glaça, et son cœur se mit à battre très fort. Elle avait eu tellement de mal à lui pardonner son abandon... Elle avait enfin tourné la page et voilà que ce jeune Belge remuait à nouveau le couteau dans la plaie. Elle sentit une plaie béante se rouvrir. Son père lui manquait tellement.

– « Que voulez-vous dire ? » murmura la jeune femme, les larmes aux yeux.

– « Votre père a été assassiné. Par Pierre Lamoix et ses hommes de main, sur ordre du Marquis de Saxe. Ils ont maquillé son meurtre en suicide.

– Mais...mais, c'est impossible ! » bégaya Clémence, tremblante, manquant de peu de tomber à genoux, submergée par l'émotion.

Son visage était désormais recouvert de larmes. Heureusement, elle tournait le dos à sa servante, qui l'observait de temps en temps de loin, se demandant pourquoi elle mettait tant de temps à choisir un chapeau. Se pouvait-il que Louis lui dise la vérité ? Que son père ait été assassiné ? C'est ce qu'elle avait pensé au départ, avant de se rendre à l'évidence devant les preuves implacables de son suicide, et devant les dettes qu'il laissait derrière lui.

– « Et ce n'est pas tout » reprit le jeune Belge, quand il vit que Clémence l'écoutait de nouveau. « Votre père n'a jamais eu de dettes de jeux. Elles ont été créées de toutes pièces par le Marquis et ses conseillers. Ils sont tellement influents dans la capitale qu'ils n'ont eu aucun mal à créer de fausses créances. Et à les rembourser ensuite en se faisant passer pour de généreux sauveurs ! Le Marquis ne recule devant rien pour arriver à ses fins. Il savait que vous ne souhaitiez pas l'épouser et que votre père était de votre côté. Il a voulu faire d'une pierre deux coups en éliminant votre père et en vous forçant à devoir l'épouser pour mettre votre mère à l'abri. Un plan diabolique. »

Clémence n'écoutait plus. Elle se sentait trahie par le Marquis, pour qui elle ne ressentait plus qu'une haine indescriptible. Mais elle s'en voulait surtout terriblement d'avoir cru à la version officielle. D'avoir cru que son père l'avait abandonné. Ce n'était tellement pas lui. Elle aurait dû s'insurger, mener son enquête pour laver le nom de son père. Au lieu de cela, elle avait avalé tous les mensonges servis par le Marquis. Elle en avait voulu à son père, au point de n'être jamais allé voir sa tombe...

– « Je ferai tout ce que vous voudrez » affirma Clémence en séchant ses larmes. « Du moment que vous vengiez mon père.
– Bien. Alors faites comme si vous n'aviez rien appris aujourd'hui, même si ce sera difficile. Et donnez-nous du temps pour nous permettre d'être prêts.
– Je...je trouverai un moyen pour repousser le mariage... Comptez sur moi. Et...bonne chance...

Elle jeta un dernier regard vers ses surveillants derrière elle, et voyant qu'ils ne la regardaient pas, elle écarta quelques chapeaux, et posa fugitivement sa main sur celle du jeune homme, toujours accroupi derrière les chapeaux. Ce contact ne dura qu'une seconde mais il fit bondir le cœur de Louis. La jeune femme chuchota un « au revoir » avant de s'esquiver discrètement, un nouveau chapeau à la main.

Jour de mariage

A quelques centaines de mètres de la résidence de campagne du Marquis de Saxe, Louis tournait en rond dans la petite auberge où le vieux Robert lui avait demandé de l'attendre. Cela faisait déjà longtemps qu'il aurait dû revenir. Mais qu'est-ce qu'il faisait à la fin ? Le jeune Belge s'installa au comptoir et décida de boire un nouveau verre de vin pour se calmer. Et si Clémence se mariait finalement ? Si elle n'avait pas réussi à repousser la cérémonie ? Il n'allait quand même pas rester là les bras ballants ! Il vida le verre qu'on venait de lui servir d'un trait et regarda la vieille horloge accrochée au mur : 11H05.

Robert lui avait dit d'attendre jusqu'à midi avant de faire quoique ce soit. Mais c'était trop long ! Il régla sa note rapidement et se saisit de son manteau et du sac qui contenait son pistolet.

C'est en ouvrant la porte de l'auberge qu'il tomba sur Robert, qui revenait tout juste de sa mission. Il était en train de régler la calèche, et semblait blaguer avec le chauffeur.

Le jeune homme attendit patiemment qu'il ait fini avant de venir à sa rencontre, et de crier presque, d'une voix qui trahissait l'extrême tension qu'il ressentait :

- « Alors ? »

Le vieil homme ne lui répondit pas tout de suite. Il se frotta les mains pour les réchauffer tout en se dirigeant d'un pas vif vers l'auberge :

- « Il fait trop froid ici pour discuter », lui répondit-il. « Allons à l'intérieur. »

Le jeune homme se retint avec peine de lui hurler dessus, avant de lui emboîter le pas.

Ils rentrèrent dans l'auberge, ce qui fit pousser un soupir de soulagement à Robert. Ils s'installèrent à une table à proximité du feu qui crépitait joyeusement dans la grande cheminée de l'auberge. Ne pouvant attendre plus longtemps, Louis reprit la parole d'une voix vive :

- « Est-ce qu'elle a réussi à faire décaler la cérémonie ? Robert, dites-moi qu'elle a réussi !

- Oui », articula-t-il péniblement, reprenant son souffle. « Figurez-vous que la future mariée se sent très mal depuis plusieurs jours… D'après ce que l'on m'a dit, elle souffre d'une grippe sévère et doit rester clouée au lit jusqu'à ce qu'elle aille mieux. Par mesure de sécurité, pour lui laisser le temps de bien récupérer, le mariage a été repoussé !

- C'est une très bonne nouvelle, mon cher Robert ! » s'exclama le jeune homme, qui respirait mieux tout d'un coup. « Savez-vous si une nouvelle date a déjà été fixée pour le mariage ?

- On a un peu de temps », marmonna le vieil homme en observant distraitement une jolie jeune femme qui venait de rentrer dans la salle. « Pour laisser le temps à sa belle de se remettre complètement, et au regard des disponibilités de certains convives importants, le mariage se déroulera dans trois semaines !

- Parfait ! Je serai un fin tireur d'ici là », sourit le jeune homme. Merci beaucoup Robert ! » conclut-il en serrant le vieux serviteur dans ses bras.

Veille de duel

Deux hommes se faisaient face. Le maître d'armes et Louis. Juste à côté, dans le rôle du témoin, Robert. Leurs trois visages indiquaient une intense concentration.

L'objectif de cette dernière séance d'entraînement était de bien répéter les gestes en situation réelle. Au signal de Robert, les deux hommes se tournèrent le dos, puis commencèrent à s'éloigner chacun de leur côté, au rythme de la voix du serviteur « un, deux, trois… ». Quand Robert finit par arriver à « dix », les deux hommes se retournèrent vivement et firent mine de tirer.

- « C'est mieux », acquiesça Hubert Defaux. « Surtout au niveau de la gestuelle. Mais vous mettez encore trop de temps à me mettre en joue. Rappelez-vous bien que vous n'aurez que très peu de temps pour tirer avant que le Marquis ne fasse feu. Il vous faudra tirer rapidement, presque à l'instinct.
- Et si je le manque ?
- Alors vous serez sans doute mort, mais vous aurez au moins eu le temps de tirer et peut-être de le blesser. Malgré son âge, le Marquis reste un très bon tireur qui ne rate presque jamais sa cible. Si vous voulez le battre, il vous faudra être plus rapide que lui grâce à votre jeunesse.
- Vous pensez que je suis prêt ?
- On ne l'est jamais vraiment. Mais vous avez beaucoup progressé. Cette vingtaine de jours d'entraînement intensifs vous ont permis de rattraper l'essentiel de vos carences. Et vous avez la chance d'être plutôt doué. » Il esquissa un léger sourire, peut-être pour la première fois, tout en lustrant une nouvelle fois son pistolet. « Et vous disposerez également d'un avantage de taille sur le Marquis : vous vous préparez à ce combat depuis des semaines, aussi bien physiquement que psychologiquement, ce que ne font pas d'habitude les gentilshommes qui se déclarent en duel sur un coup

de tête. Il fit une pause, rangeant le pistolet dans sa mallette, avant de reprendre : le Marquis ne s'attend pas le moins du monde à ce combat. Et il n'a pas dû beaucoup manier les armes ces derniers temps avec les préparatifs du mariage… »

Le jeune homme écoutait attentivement l'analyse du maître d'arme, en buvant un peu d'eau fraîche que venait de lui apporter Robert. Il ressentit soudain une bouffée de reconnaissance pour cet ancien militaire qui avait accepté de lui faire partager sa science du combat sans rien demander en retour :
-   « Merci Hubert pour tout ce que vous avez fait pour moi.
-   Ce n'est pas encore terminé, jeune fou. Il nous reste du travail à effectuer ce matin. Vous me remercierez si vous êtes encore vivant demain. En attendant, remettons nous au travail ! Nous allons travailler le tir. Robert, veuillez placer la cible. »

L'entraînement dura ainsi encore près d'une heure. Puis Hubert conclut son cours en souhaitant bonne chance à Louis, et en lui administrant quelques derniers conseils, insistant notamment sur la nécessité de ne surtout pas boire d'alcool avant le combat. Puis, il prit congé, s'éloignant de sa démarche digne et droite qui le caractérisait, la main gauche dissimulée sous son veston. Robert s'éclipsa à son tour pour partir surveiller les préparatifs du   déjeuner.

Louis se retrouva ainsi seul au milieu de la cour et se sentit soudain pris d'un tournis. Il arrivait au bout du chemin. Il attendait le duel au moins autant qu'il le redoutait. Il avait peur. Peur de mourir. Mais à chaque fois qu'il hésitait, deux images lui revenaient en mémoire. Celle de Clémence qui lui souriait, comme un encouragement. Et celle de l'intendant du Marquis dans la ruelle. Elles suffisaient à lui redonner l'envie de se battre. Son honneur avait été bafoué. Il lui fallait le restaurer, quoiqu'il en coûte.

Il ne mangea presque rien ce midi là, mis à part quelques fruits. Le Comte, qui était récemment revenu de déplacement, était assis face à lui à une grande table sculptée en bois, recouverte de différents mets.

Il congédia les domestiques puis lui demanda d'un ton curieux :
- « Quand comptez-vous déclarer en duel ce cher Marquis de Saxe ?
- Je n'y ai pas vraiment réfléchi : ce soir ?
- J'ai appris qu'il voulait faire les choses en grand pour ce mariage. Il donnera tout d'abord une grande réception aujourd'hui à 18H dans son hôtel particulier, rue des Rosiers. Puis la cérémonie elle-même aura lieu demain à 11H dans l'église de Vincennes, en présence du Duc d'Orléans. Une très jolie église, d'ailleurs », apprécia-t-il tout en grappillant quelques raisins blancs. « Enfin, les convives se rendront dans la résidence de campagne du Marquis, à proximité du Bois de Vincennes. Le Comte se saisit d'une pomme verte, qu'il croqua à pleines dents, avant de reprendre : je pense que l'idéal serait que vous lui exprimiez vos revendications dès ce soir, à la réception.
- Mais comment pourrais-je rentrer ?
- Ne vous en faites pas pour ça ! Figurez-vous que j'ai été invité, comme toute la noblesse parisienne, à cette réception. Il veut sans doute me narguer et me montrer à quel point sa richesse dépasse désormais de loin la mienne. Cela sert nos desseins. Vous rentrerez donc avec moi à cette réception, comme mon serviteur. Et, au moment opportun, vous irez le voir pour lui demander réparation en le déclarant en duel ! » conclut le noble, les yeux soudain brillants et la mâchoire serrée.

Pour se calmer, le Comte de Moron se leva pour aller chercher un paquet qui attendait sur la cheminée, qu'il apporta à Louis.

- « Voici vos habits de serviteur que vous devrez mettre ce soir » entama-t-il en ouvrant lui-même le paquet. « Vous noterez également la présence de deux magnifiques gants en cuir. Je tiens à ce que vous les utilisiez pour gifler cette ordure lors de votre demande de duel.

- Je vous remercie Comte », répondit Louis en examinant le paquet avec soin. « Je serai honoré de les utiliser.

- Bien, je vous retrouve donc à 17H dans la cour. Mon cocher nous emmènera à bon port. D'ici là, essayez de vous reposer autant que faire se peut. »

Réception

Tous les nobles les plus influents et les bourgeois les plus riches de la capitale étaient présents dans la somptueuse salle de réception de l'hôtel particulier du Marquis de Saxe, rue des Rosiers. Au milieu de ces gentilshommes en costume d'apparat, une armée de serviteurs tentait de se frayer un chemin pour que personne ne manque de champagne et de petits fours. En bas de l'escalier principal recouvert d'un tapis rouge, le Marquis de Saxe rayonnait, dans son costume noir et blanc taillé sur mesure par l'une des meilleures maisons de couture parisiennes. Entouré de dignitaires importants avec qui il discutait des nouvelles lignes de chemin de fer envisagées, il tenait par la taille Clémence, vêtue d'une somptueuse robe blanche. Cette dernière était très pâle, et arborait un visage sans expression, absent. Lorsque des nobles venaient la saluer, elle répondait poliment mais par des phrases courtes, qui n'encourageaient pas la discussion. Les invités mettaient son apparent malaise sur la récente grippe dont elle ne devait pas être tout à fait remise. De temps en temps, le Marquis lui serrait plus fortement la taille et lui faisait signe discrètement de sourire, ce qu'elle faisait avec discipline.

Elle finit par apercevoir une de ses rares connaissances dans la haute noblesse Française, une Comtesse dont le mari était mort récemment : elle était connue pour son franc-parler et son tempérament. Avec soulagement, elle prit congé de son futur mari et partit à sa rencontre.

– « Félicitations », entama la Comtesse de Blois en lui adressant un sourire. « C'est un très bon parti que vous allez épouser demain !

– Je vous remercie. J'ai beaucoup de chance », mentit-elle.

– « C'est une magnifique réception en tout cas. Monsieur le Marquis a fait les choses en grand. Je ne peux qu'imaginer ce qu'il nous réserve pour demain. Ce sera grandiose !

– En effet ! Je dois avouer qu'il n'a pas regardé à la dépense. Il a fait appel aux meilleurs traiteurs de la ville et au musicien préféré du Roi.

– Votre robe vous va à ravir. Mais je vous sens un peu faible. » La Comtesse se saisit d'un gâteau fourré sur un plateau qui passait à proximité et lui tendit. « Tenez, mangez un peu, ça vous redonnera des forces !

– Merci », répondit Clémence en croquant avec grâce la généreuse part. Je n'ai en effet guère pris le temps de manger jusqu'à présent, avec tous les invités.

– Au fait, avez-vous remarqué que Monsieur de Sévigné est venu sans sa femme », remarqua la Comtesse en montrant un jeune homme d'une trentaine d'années. Elle baissa la voix avant de continuer : « Je pense qu'il veut sans doute être plus tranquille pour forniquer avec sa maîtresse. »

Clémence sourit, contente d'oublier quelques instants ce qui l'attendait en pensant à des choses plus futiles :

– « Est-ce qu'il couche toujours avec la jeune Mademoiselle Maignan ? J'ai appris que ses parents la destinaient au couvent.

– Je crois bien que oui. Mais il y a mieux. Vous vous rappelez d'Agathe Dumont, la petite provinciale de 15 ans qui se montrait partout avec la petite sœur de Monsieur de Sévigné ? J'ai appris qu'elle venait de tomber enceinte ! Et personne ne connaît le père mais tout le monde dit que c'est Sévigné ! » Elle engloutit une cuillère de chantilly avant de reprendre : « vous vous rendez compte ? Enceinte à 15 ans alors qu'elle n'a même pas de prétendant ! La honte pour sa famille… Évidemment, Monsieur de Sévigné ne reconnaîtra jamais son bâtard. » Elle secoua la tête, tout en regardant le jeune homme avec attention. « Mais je dois avouer qu'il est bel homme. Si je n'avais pas quarante ans et quelques rides, j'irai tenter de le séduire.

– Vous savez, Madame la Comtesse, il me semble bien que vous ne le laissez pas indifférent non plus. A vrai dire, je l'ai surpris à vous regarder plusieurs fois lors de notre dîner chez Durand la semaine dernière.

– Vous en êtes sûre ? » l'interrogea la Comtesse, faussement gênée. « Je pense que je suis bien trop âgée pour ses goûts.

– Détrompez-vous, Madame. Au contraire, il aime toutes les belles femmes, et ce quel que soit leur âge. Je le sais de source sûre !

– J'avoue que j'aimerais voir ce qu'il a entre les jambes », reprit la Comtesse avec un sourire en coin. « Je crois que je vais lui présenter mes atouts », conclut-elle en gonflant sa poitrine généreuse et en partant dans sa direction.

Se retrouvant seule, Clémence décida de se diriger vers le buffet : elle allait se saisir d'un chou à la crème quand un noble d'une cinquantaine d'années aux cheveux grisonnant l'interpella. Elle le reconnut rapidement : il s'agissait du Comte de Moron, connu pour être un des plus farouches ennemis de son futur mari. Tout en se demandant pourquoi il avait accepté de venir, elle lui sourit d'un air las, marmonnant la formule de politesse usuelle pour le remercier de sa présence. Le Comte lui présenta ses hommages en lui baisant la main, puis la complimenta sur sa beauté. Elle s'apprêtait à lui donner une fausse excuse pour lui fausser compagnie quand celui-ci reprit la parole en chuchotant :

– « Ma dame, j'aimerais vous présenter le serviteur qui me fait l'honneur de m'accompagner ce soir pour pourvoir à mes besoins. Il s'agit d'un jeune Belge un peu fou. Je crois que vous le connaissez. »

Au moment où le Comte finissait sa phrase, il tourna la tête vers la porte à côté de l'escalier. Appuyé sur le mur, dans l'ombre, un jeune homme habillé en serviteur, coiffé d'un chapeau noir, la regardait droit dans les yeux. Clémence le reconnut immédiatement, malgré son déguisement.

Il était venu. Comme il lui avait promis. Son cœur bondit de joie et un discret sourire barra fugitivement son visage pâle. Puis, presque aussi rapidement, une immense douleur le remplaça. Louis n'aurait aucune chance en duel contre le Marquis. C'était pure folie... Elle se ressaisit quelques instants pour chuchoter à son tour à l'oreille du Comte :

– « Faites-lui savoir que je trouve toujours son entreprise complètement folle. Mais que je l'aime. »

Puis elle prit congé, ne pouvant s'empêcher de jeter un nouveau regard au jeune serviteur qui se tenait tout droit à côté de l'escalier. Elle sentit le besoin de s'asseoir sur un des fauteuils de la réception, sentant ses forces lui faire défaut. Plus pâle que jamais, elle ferma les yeux et fit ce qu'elle ne faisait qu'en ultime recours : prier.

De son côté, Louis attendait le bon moment pour déclarer le Marquis en duel : il n'était plus à quelques minutes près. Il souhaitait que tout le monde l'entende, que le Marquis soit obligé d'accepter.
Le début de soirée lui parut interminable. Il tua le temps en regardant les convives ou en s'entretenant de temps en temps avec son "maître" pour la soirée, le Comte de Moron. Par moment, il laissa son regard se poser fugacement sur Clémence. Sa robe blanche sobre, beaucoup plus simple que ce qui se faisait en temps normal dans la noblesse, allait à ravir à la jeune femme. Mais il pouvait en même temps sentir dans son regard

son angoisse et son malaise, qu'elle tentait de dissimuler aux invités.

C'est quand l'horloge résonna huit fois que Louis comprit qu'il n'aurait plus longtemps à attendre. Le Marquis de Saxe avait réuni tout le monde : il tenait Clémence par la taille et venait d'entamer un discours éloquent vantant les mérites de sa future femme et présentant leurs nombreux projets d'avenir. Toute la foule présente l'écoutait religieusement

:
- « Je vais vous raconter une belle histoire », commença-t-il de sa voix mielleuse. « Ma calèche remontait les Champs Elysées un soir d'automne et elle n'avançait guère, prise dans le trafic, sans doute à cause d'un accident. Mon regard était perdu dans la foule qui passait à proximité. Et c'est alors que j'aperçus une femme dont la beauté me coupa immédiatement le souffle, vêtue d'une magnifique robe rouge. » Il se tût quelques instants en se tournant vers sa future femme, lui souriant à pleine dent : « Sans hésiter, je l'invitai à monter dans ma calèche en lui tendant la main. Et dès nos premiers échanges, je me rendis compte que cette femme n'était pas seulement belle, mais qu'elle disposait également d'un esprit aiguisé. A cet instant, je me promis que j'épouserai un jour cette jolie jeune femme aux cheveux châtains. Et aujourd'hui, j'ai tenu ma promesse, plusieurs années plus tard ! Car vous l'aurez compris, cette belle femme à la robe rouge s'appelle Clémence ! Et elle se tient aujourd'hui à côté de moi. Et demain, nous serons mari et femme !

La foule se mit alors à applaudir chaleureusement cette déclaration d'amour enflammée. Seul Louis serrait les dents et les poings. Il savait que toute cette histoire était totalement inventée. Mais tous ces bourgeois et ces nobles faisaient semblant d'y croire pour plaire au Marquis.

Quand les applaudissement s'atténuèrent, le maître des lieux reprit la parole d'un ton jovial :

– « Je vous remercie tous de m'avoir fait l'honneur d'être présent à cette réception. J'espère qu'elle vous plaît. Si vous manquez de quoi que ce soit, n'hésitez pas à me le signaler. Je veillerai personnellement à ce que vous soyez comblé comme je le serai demain avec ma nouvelle femme ! »

Une voix surgit alors de nulle part.

- « Moi, il me manque quelque chose ! »

Une voix ferme. Forte. L'assemblée se retourna, cherchant à voir d'où venait cette déclaration surprenante. Un jeune homme en tenue de serviteur s'avança, perçant la foule, s'approchant d'un pas régulier vers le Marquis. Il s'arrêta à deux mètres de lui.

- « Je suis venu ici pour récupérer mon honneur. Et pour demander réparation. »

Le Marquis, éberlué, n'eut pas le temps d'esquiver quand cet inconnu le gifla de son gant. Il ne put que bégayer d'une voix sifflante.

– « Mais qui êtes-vous ? Et comment osez-vous ? Vous paierez pour votre insulte !

– Je m'appelle Louis, » reprit l'inconnu d'une voix cinglante en retirant sa perruque blanche, laissant apparaître plusieurs balafres sur son visage. « Demandez à votre intendant de vous parler de moi, je suis sûr qu'il ne m'a pas oublié. Vous lui avez donné l'ordre de me tabasser avec plusieurs malfrats et de me laisser pour mort, sans argent, au milieu d'une ruelle. Vous auriez dû me tuer alors. Car je suis venu aujourd'hui vous déclarer en duel, et ce dès demain matin. Je vous laisse le choix du lieu, » conclut le Belge fièrement.

Le Marquis le regarda sans rien dire, pendant de longues secondes. Puis il s'esclaffa tout à coup, imité par l'assistance.

- « Je ne sais pas de quoi vous parlez jeune homme mais ce que je sais, c'est que vous êtes complètement inconscient. Ce qu'il vous faut, c'est un peu de plomb dans la tête pour vous remettre les idées en place, » clama-t-il avec arrogance, un large sourire aux lèvres. Il redressa la tête, essayant de retenir son rire. « Sachez, jeune serviteur, que je me suis déjà battu en duel près d'une dizaine de fois, et je n'ai jamais perdu. J'ai même toujours fait mouche du premier coup. C'est d'ailleurs pourquoi plus personne n'ose me contrarier, de peur de devoir m'affronter ! » sourit-il, sûr de lui. « Je vois à votre accent que vous êtes étranger, cela doit sans doute expliquer votre folie !

- Demain matin, aux aurores, » répondit Louis d'une voix sèche. Ses yeux étaient noirs, déterminés, sa mâchoire crispée.

- « Soit, soit. Il est toujours conseillé de tuer un homme le matin avant de se marier ! Cela porte chance, parait-il ! » gloussa-t-il.

L'assemblée éclata de rire tout en observant avec curiosité le jeune fou qui osait s'en prendre au Marquis.

- « Je vous retrouverai donc demain à six heures pétantes sur les quais de Seine, en bas du pont Neuf, » reprit le Marquis de Saxe, se tournant alors vers les invités : « venez nombreux assister à la triste fin d'un si jeune homme, mort à cause non pas de sa bravoure, mais de sa stupidité…

- Bien, je serai là, » conclut Louis dans un murmure, d'une voix légèrement tremblotante.

Puis, sans plus attendre, il tourna les talons et quitta la salle, suivi de près par le Comte de Moron, qui sortit en effectuant une pirouette à l'intention du Marquis. Déjà un immense brouhaha avait envahi la salle mais Louis n'y prêta pas attention. Il poussa un soupir de soulagement quand il se retrouva à l'air libre. Il leva les yeux vers le ciel : la lune, qui avait une belle forme de croissant ce soir-là, éclairait faiblement la rue. Le cocher qui les attendait leur fit signe de monter. A peine en voiture, Louis ferma les yeux, éreinté nerveusement.

L'art de l'esquive

Un homme blond mesurant près d'1m90, vêtu d'un long manteau gris, marchait d'un pas lent, rue Saint Honoré. Il portait une sacoche en cuir en bandoulière et semblait chercher quelque chose. Il était plus de deux heures du matin et la rue était donc entièrement déserte. La lune, pleine ce soir-là, éclairait les riches hôtels particuliers de la rue d'une lueur blafarde. Le silence régnait, mis à part quelques miaulements de chat qui se faisaient entendre de temps en temps au loin.

Après avoir jeté un coup d'œil de chaque côté de la rue, il s'arrêta devant la porte du numéro 16, avant de toquer fortement trois fois. N'ayant pas de réponse, il toqua à nouveau plusieurs fois de manière plus insistante, en serrant ses mâchoires. Ses yeux bleus trahirent un instant son inquiétude. Enfin, il entendit du bruit à l'intérieur : quelqu'un venait.

Dans un grincement, la vieille porte en bois s'ouvrit, laissant apparaître un homme d'une quarantaine d'années, plutôt grassouillet, vêtu d'un pyjama rayé blanc et bleu. Ses yeux rougis montraient que son sommeil venait d'être brutalement interrompu. Il semblait de mauvaise humeur et portait un gourdin à la main. L'homme au manteau gris et aux yeux bleus, sans prendre la peine de se présenter, sortit de son manteau une bourse rebondie.

L'homme, encore endormi, se frotta les yeux, et avec une dextérité dont on l'aurait cru incapable, se saisit de la bourse, la soupesant, la tâtant. Enfin, satisfait, il marmonna :

–   « Qui êtes-vous et que voulez-vous ?
–   Peu importe qui je suis, Monsieur Carlier. Ce qui je pense vous importe plus est de conserver la bourse dans votre main, non ?
–   Expliquez-vous, » reprit-il, surpris.

–   « C'est simple. Si vous voulez garder cette bourse, je vous demanderai simplement de me laisser grimper au deuxième étage. » L'inconnu au manteau gris s'interrompit, avant de décider de vérifier que les renseignements qu'on lui avait donnés étaient exacts. « Vous disposez bien d'un balcon côté cour qui donne sur l'hôtel du Comte de Moron ?

–   Euh, oui, » répondit l'homme en pyjama avec méfiance. « Vous voulez le voler ?

–   Non, je ne volerai rien. Et rassurez-vous, personne ne saura jamais que je suis rentré par votre balcon. C'est tout ce que je peux vous dire. Alors, avons-nous un accord ? »

Carlier hésita, baissant les yeux sur la bourse rebondie qu'il tenait fermement dans sa main.

L'inconnu au manteau gris était serein : si ce qu'on lui avait dit sur ce Carlier était exact, il ne faisait guère de doute qu'il finirait par accepter. Et effectivement, après une petite minute de silence, l'homme au pyjama reprit la parole d'une voix où perçait une pointe de culpabilité :

–   « Suivez-moi, c'est par là, » indiqua-t-il en montrant de longs escaliers en colimaçon.

Tout en suivant sagement Carlier, l'homme aux cheveux blonds repensa à sa discussion avec le Marquis de Saxe, quelques heures plus tôt. Celui-ci avait été très clair :

–   « Je ne sais trop quoi penser de ce Voeckler et je ne veux prendre aucun risque, Lamoix. Tuez une bonne fois pour toutes ce jeune Belge, comme nous aurions dû le faire la première fois. J'ai été trop clément...

–   Bien Monsieur le Marquis », avait acquiescé Pierre Lamoix.

- « Et vous vous en chargerez vous-même. Seul. Je veux être sûr que le travail soit bien fait.
- Très bien. Mais ce ne sera pas aisé. Je suppose qu'il dort dans la demeure du Comte de Moron. Ce dernier a encore quelques domestiques qui peuvent me surprendre...
- Il ne lui en reste presque plus ! Et c'est pour ce type de missions que je vous paie aussi cher ! » tonna le Marquis, avant de reprendre, d'une voix qui trahissait sa colère : « vous avez carte blanche, Lamoix. Qu'importe les moyens que vous devrez utiliser... Mais inutile de revenir ici sans avoir tué ce satané Belge ! Suis-je suffisamment clair ?
- Très clair, Monsieur. Je m'en occupe. »

Il était très rare que Lamoix se charge lui-même du terrain. Il déléguait en général ce type de tâches à des hommes de main. Mais il s'agissait d'une mission délicate, où il fallait être discret et efficace. De toute façon, Lamoix n'était pas du genre à discuter les ordres. Il s'était donc occupé de récupérer en urgence les informations nécessaires à sa mission, en utilisant des méthodes...auxquelles il n'avait recours qu'en dernier ressort.

Il fut interrompu dans ses pensées quand Carlier lui indiqua qu'ils étaient arrivés. Ils venaient de rentrer dans un bureau avec une porte fenêtre qui donnait sur un large balcon. L'homme en pyjama, qui respirait fort après l'effort qu'il venait de fournir, sortit une clé et ouvrit la porte fenêtre :
- « Voilà. L'hôtel du Comte est sur votre gauche.
- Je vous remercie. Pouvez-vous laisser cette porte ouverte ? » demanda Lamoix d'une voix froide. « Je n'en ai pas pour long.
- Comme vous voudrez... » conclut Carlier, avant de partir se recoucher.

Se retrouvant seul, Lamoix s'avança sur le balcon. Il passa sa main dans ses longs cheveux blonds, réfléchissant à la marche à suivre. Pour l'instant, la servante du Comte qu'il avait lui-même interrogé avait dit vrai. Il jeta un regard aux alentours : le balcon donnait bien sur la cour intérieure de l'hôtel du Comte de Moron, comme prévu. Pour rejoindre l'hôtel qui se trouvait à sa gauche, il lui faudrait passer d'un balcon à l'autre, en étant le plus discret possible. Il s'assura que le balcon le plus proche n'était pas trop loin pour un saut. Puis il réajusta sa sacoche, grimpa sur le rebord, et sauta prestement. Il se fit un peu mal en se réceptionnant par une roulade mais serra les dents. Il sauta ensuite sur un deuxième balcon, légèrement plus bas. Il vit alors sur sa gauche le balcon en pierre avec des têtes de lion. C'était celui qu'on lui avait indiqué. Il prit son élan et atteignit sa cible. Il se figea quelques instants, vérifiant que tout était silencieux autour de lui. Puis il regarda la porte fenêtre : comme on lui avait indiqué, le rideau était blanc, en dentelle, avec des motifs d'oiseaux. Il était arrivé. Il ouvrit sa sacoche, en sortit un couteau aiguisé qu'il accrocha à sa taille et un autre, plus petit, qu'il garda dans sa main. Il récupéra enfin quelques outils qui lui permirent de crocheter la serrure de la porte fenêtre, qui s'ouvrit en grinçant. Lamoix jura tout bas en rentrant dans une pièce vide et sombre. Par mesure de précaution, il décida de se cacher quelques instants dans un grand placard en bois, afin de s'assurer que personne ne viendrait, alerté par le bruit. Il murmura une insulte quand il entendit au loin des bruits de pas qui venaient dans sa direction. Il serra son couteau dans son dos, serrant les dents. Les pas étaient de plus en plus proches. La porte de la pièce s'ouvrit enfin. Tel un félin, l'homme au manteau gris jaillit de son placard, enfonçant son couteau profondément dans le cou de la personne qui venait de rentrer avant qu'elle n'ait eu le temps de réagir. Il accompagna la chute du corps de sa victime sur le tapis oriental qui recouvrait le parquet. Il enfonça alors méthodiquement son autre couteau à l'emplacement du cœur de la jeune femme, s'assurant ainsi de sa mort.

Il se releva, essuyant les éclats de sang sur son front, observant quelques instants sa victime : elle était vêtue d'une robe noire de servante et devait avoir une vingtaine d'années tout au plus. Ses longs cheveux bruns s'étaient échappés de sa coiffe, et baignaient dans une large mare de sang.

« Je vais devoir faire vite, maintenant, » murmura Lamoix pour lui-même, en retirant délicatement ses deux couteaux du corps de la jeune femme.

Il quitta la pièce en refermant le plus silencieusement possible la porte, et pénétra dans un grand couloir, légèrement éclairé par des bougies. Il s'y avança jusqu'à repérer une porte en bois sculpté sur sa droite, comme prévu. Il l'ouvrit avec une infinie précaution, puis se figea quelques instants, pour repérer le lit dans l'obscurité de la pièce. Il le vit, à l'autre extrémité de la chambre, et s'avança d'un pas léger en direction de l'homme en train de dormir dont il entendait maintenant la respiration régulière. Il tenait un couteau dans chacune de ses mains. Il savait qu'il ne devrait laisser aucune chance à sa cible de s'en tirer. Il était concentré, prêt à frapper, quand un coup de feu retentit soudain, brisant brutalement le silence de la nuit.

Lamoix sentit soudain une terrible douleur dans sa poitrine. Il lâcha ses couteaux, avant de tomber à genoux sur le sol. Il baissa la tête, regardant le sang couler à travers ses vêtements, tentant maladroitement de le retenir en appliquant ses paumes sur sa poitrine. Puis il redressa son regard, dans la chambre qui s'était soudain éclairée. Sa cible, le jeune homme dans le lit, s'était réveillé en sursaut et s'était approché de lui. La panique se lisait sur son visage. Un autre homme sortit d'un coin sombre de la pièce, un pistolet fumant à la main. Il le reconnut pour avoir déjà combattu à ses côtés : Hubert Defaux, ancien Officier de l'Armée du Roi. Il entendit sa voix au loin : « je vois que le

Marquis n'a pas changé. Dommage pour lui qu'il soit si prévisible ».

Puis Lamoix perdit connaissance et s'écroula sur le sol.

Tension

A bord de la calèche qui l'emmenait au point de rendez-vous, Louis jeta un regard par la fenêtre et aperçut la Seine : elle suivait son chemin, imperturbable, sans se préoccuper des aléas de la vie. Le jeune homme envia l'insouciance du fleuve. En face de lui, le Comte de Moron et Hubert Devaux le regardaient avec bienveillance. Louis n'avait pas réussi à se rendormir depuis l'incident. Il en avait d'abord voulu à son maître d'arme de ne pas l'avoir prévenu de cette possible tentative du Marquis. Mais il avait finalement compris que cela n'aurait servi à rien de lui dire, mis à part de l'angoisser encore davantage, en l'empêchant totalement de dormir. Et l'essentiel était là : sans lui dire, Hubert était resté toute la nuit dans sa chambre pour le protéger et il lui avait sauvé la vie.

Ce coup bas n'avait fait que renforcer la détermination du jeune Belge : si le Marquis avait pris la peine d'envoyer en urgence un assassin pour l'éliminer, c'est qu'il n'était pas si sûr de l'emporter. Louis ressentit plus que jamais que son combat était juste.

Les chevaux s'arrêtèrent. Le Comte lui fit signe de descendre en premier. Le jeune homme s'exécuta avec difficulté. Ses jambes tremblaient. Dehors, il faisait froid et nuageux. Louis fit quelques pas hésitants sur les larges dalles du quai, face à la Seine, avant de se retourner vers la foule de nobles déjà présente. Le Marquis était déjà là, au milieu de ses soutiens, vêtu d'un magnifique costume très coloré. Il avait le sourire aux lèvres et rien ne laissait présager qu'il était surpris de revoir Louis vivant. Il l'accueillit d'un sarcasme :
-    « Vous avez finalement eu le courage de venir, je croyais que vous alliez vous défiler !
-    Vous êtes un… » commença à répondre Louis.

Mais il sentit sur son épaule la main ferme du Comte qui lui fit comprendre qu'il ne devait pas rentrer dans le petit jeu de provocation du Marquis. Il entendit derrière lui la voix calme de son maître d'armes : « Concentrez-vous uniquement sur votre tir. C'est la seule chose qui compte. Ne laissez pas vos émotions vous troubler».

Louis chercha des yeux Clémence mais elle n'était apparemment pas là. Le Marquis avait dû lui interdire de venir et c'était une bonne chose : s'il devait mourir, le jeune homme préférait épargner ce spectacle à celle qu'il aimait.

Une seconde, son regard croisa celui du Marquis, qui lui sourit d'un air moqueur. Son visage s'empourpra soudain et il dut fermer les yeux pour contenir sa rage. Il respira à pleins poumons, avant de les rouvrir, observant l'assistance : de nombreux nobles avaient fait le déplacement à cette heure matinale pour voir le spectacle, sûrs du résultat. Le jeune homme murmura d'une voix inaudible « ne vous réjouissez pas trop vite. »

Il laissa ses deux témoins organiser les détails du combat et se mettre d'accord avec les deux témoins du Marquis. Pendant tout ce temps : il chercha à faire le vide. Dans quelques instants, sa vie risquait de s'arrêter. Il fit une prière silencieuse au Dieu qu'il n'implorait que lors de ses moments de doute. Son cœur battait à tout rompre. Il essaya de se concentrer sur l'image de Clémence pour se calmer : sa robe rouge. Sa longue chevelure châtain. Son sourire. Ses yeux marron rieurs.

C'est Hubert qui l'interrompit dans sa rêverie en posant à nouveau sa main rassurante sur son épaule :

– « On s'est mis d'accord avec eux. Ce sera un duel classique : vous devrez faire dix pas avant de tirer. Vous êtes prêt ?
– Oui, je crois.

– Tenez, voici votre pistolet. Il est chargé.

– Bien, » répondit Louis en se saisissant de l'arme d'un geste saccadé.

Le jeune Belge était dans un autre monde. Il était comme spectateur de la scène. Ses mains tremblaient. Devant son apparent malaise, la foule souriait, considérant qu'il n'était pas de taille à affronter le Marquis. Sa tête lui faisait mal. Sa gorge était sèche. Malgré le froid, des gouttes de sueur se mirent à perler sur son front.

– « Mettez-vous en position, » clama soudain un vieil homme, arbitre du Duel.

Louis s'avança jusqu'au point indiqué : il vit alors le Marquis s'avancer à son tour dans sa direction : il portait un pistolet doré et avait arrêté de sourire. Ses yeux le fixaient intensément, comme pour l'intimider. Au signal, les deux hommes tournèrent les talons et se plaquèrent dos contre dos. Le jeune homme sentit ce contact avec l'homme qui l'avait humilié comme une brûlure. Il serra les dents.

Un léger vent soufflait, refroidissant encore davantage l'atmosphère. De la buée se formait à chaque respiration des deux hommes. Le soleil venait de sortir d'un épais nuage gris et un rayon fugace éclairait la scène. Au loin, quelques badauds se penchaient du Pont Neuf pour observer le duel. A une dizaine de mètres, un vieux chêne semblait observer la scène, impassible. Dans ses branches, quelques gazouillis d'oiseaux se firent entendre, symboles de vie devant ce triste spectacle.

L'arbitre donna l'ordre de commencer à marcher. Les deux duellistes s'éloignèrent donc l'un de l'autre d'un pas régulier. Louis chercha à faire une nouvelle fois le vide dans son cerveau. Il respira à fond, se mettant en condition comme à l'entraînement. Il se dit qu'il devait absolument oublier le contexte, considérer le Marquis comme une cible d'échauffement. Il devait se détendre pour bien viser.

Il serrait le pistolet d'une main ferme, jusqu'à se faire mal. Cette marche imposée lui parut interminable. Enfin, le dixième pas arriva. En une seconde, le jeune homme se retourna d'un mouvement vif, visa le Comte qui était en train de faire de même et tira sans réfléchir, à l'instinct. Il avait été rapide, comme son maître d'armes lui avait appris. A une vingtaine de mètres, il crut apercevoir le visage du Marquis se figer dans un rictus de douleur et de surprise. Puis le noble s'écroula soudain en arrière, son pistolet toujours bien en main. Il n'avait pas eu le temps de tirer. Ses deux témoins se précipitèrent vers lui, tandis que la foule poussait des cris d'effroi. Plusieurs dames manquèrent de s'évanouir. Personne ne s'attendait à un tel dénouement. Pas même Louis, qui ne semblait pas réaliser ce qui se passait. Il restait immobile, le bras tendu, la respiration coupée. Il ne revint à la réalité que lorsque le Comte de Moron vint le féliciter :

- « C'est bon gamin. Vous pouvez vous détendre maintenant ! » Son visage était barré par un large sourire. « Vous avez réussi. Vous l'avez eu à la poitrine ! » Puis il partit soudain dans un grand rire sonore.
- « Je suis fier de vous, » intervint à son tour le maître d'armes. « Je savais que vous en étiez capable.
- Il...il est mort ? » questionna Louis, sentant ses tremblements redoubler.

Le Comte envoya son vieux Robert en quête d'information. Quelques minutes plus tard, le serviteur revint et annonça de sa voix chevrotante habituelle :

- « Il n'est pas encore passé dans l'au-delà, mais il n'en a plus pour longtemps. Son médecin m'a dit que la balle avait touché ses organes vitaux.

– Enfin ! » Lâcha le maître d'armes, d'habituel plus réservé. Dans son regard, une étincelle s'était rallumée.

Louis se remit progressivement à respirer normalement. Son cœur battait encore très fort. Il l'avait fait. Il ferma les yeux et remercia Dieu. Il n'y avait jamais autant cru...

Nouveau départ

Cela faisait près d'une heure que Louis tournait dans son lit, sans réussir à se rendormir. Il décida de se lever : après s'être largement étiré, il sortit à regret de ses chaudes couvertures. Il se dirigea vers la fenêtre de la petite auberge où il était descendu, à Compiègne, sur la route de Bruxelles. Il ouvrit le rideau de sa chambre et plissa les yeux devant la lumière du soleil. De la neige était tombée pendant la nuit, pour la première fois de l'année, recouvrant la forêt environnante d'un manteau blanc. Le jeune homme fit un brin de toilette, puis, frissonnant, s'habilla chaudement avant de descendre au petit restaurant de l'auberge. Il n'y avait pas un seul client ce matin-là.

Louis commanda un café et du pain et s'installa à une table proche de la cheminée qui crépitait. Il se brûla lors de sa première gorgée de café, qu'il avala en jurant intérieurement. Et ses pensées se tournèrent vers Clémence, comme chaque matin. Cela faisait désormais une semaine que le Marquis s'était écroulé sur les quais de Seine. Depuis, Louis avait eu la confirmation qu'il avait succombé à ses blessures. Il avait également missionné le vieux Robert pour qu'il remette à Clémence une lettre : les quelques lignes écrites à la va-vite demandaient à la jeune femme de le rejoindre dans cette petite auberge isolée, à l'abri des regards de la noblesse parisienne. La lettre se terminait par plusieurs pistes possibles pour leur avenir, qu'ils pourraient décider ensemble quand ils se retrouveraient : partir à l'étranger, en Belgique, en Italie, en Allemagne... Rester en France dans un petit village ? L'offre était bien sûr aussi valable pour sa mère, à laquelle Clémence était très attachée.

Le jeune Belge lui avait laissé dix jours après la mort du Marquis pour le rejoindre : il voulait lui laisser le temps se préparer à ce départ précipité de la capitale, tout en lui permettant d'assister à l'enterrement de celui qui devait devenir son mari. Sept jours s'étaient déjà écoulés avec une lenteur exaspérante, il en restait trois…

En soufflant sur son café, Louis ne pouvait s'empêcher de penser au pire : et si elle refusait de le rejoindre, de quitter sa vie parisienne ? Et que dirait-elle à ses amis ? Qu'elle avait décidé de quitter la ville après ce terrible événement ?

Louis la savait désormais à l'abri des dettes de son père : le Marquis avait tout réglé et ne pouvait plus, où il était, la faire chanter de revenir sur sa décision. Il croqua à pleines dents dans une tranche de pain complet tout en jetant un coup d'œil par la fenêtre. Tout au long de la semaine, il n'avait presque pas cessé d'épier le paysage alentour, espérant voir apparaître au loin la femme qu'il aimait.

Il avait presque fini son petit déjeuner quand il aperçut par la fenêtre, sur la route enneigée menant à l'auberge, une grande calèche. Pris d'un fol espoir, il sortit de l'auberge, ne se souciant guère du froid saisissant dehors. Il fit quelques pas dans la neige épaisse en direction de la calèche qui venait de s'arrêter à proximité. La porte s'ouvrit. Une jeune femme en descendit avec grâce, portant à chaque bras des bagages bien remplis. Elle portait une robe rouge recouverte d'une épaisse et chaude veste noire. De longs gants noirs protégeaient ses mains du froid et un large chapeau surmontait sa chevelure châtain. Elle était magnifique. Leurs regards se croisèrent, puis Clémence lui sourit. Louis s'approcha encore, à petit pas, jusqu'à n'être plus qu'à quelques centimètres de son visage. Il la serra alors dans ses bras, très fort, obligeant Clémence à relâcher ses valises sur le sol, qui s'enfoncèrent profondément dans la neige.

Il respira profondément son odeur parfumé, se sentant enfin

apaisé. Au bout de longues minutes, il relâcha enfin son étreinte et plongea son regard dans celui de la femme à la robe rouge, alors que la neige recommençait à tomber. Mais cela n'avait plus d'importance...

Edition : BoD - Books on Demand
12/14 rond-point des Champs Elysées, 75008 Paris
Imprimé par Books on Demand GmbH, Norderstedt, Allemagne
ISBN : 9782322017751
Dépôt légal : Mai 2015